青春都一晌

朱承彧诗词散文集

朱承彧 著

烹两盏青梅酒，诉及笄青涩事

温一壶自在茶，说豆蔻二月花

作家出版社

目 录

序 篇

词 篇

诗篇

山中人兮芳杜若，饮石泉兮荫松柏

散 文 篇

惟江上之清风，与山间之明月

序篇

有人说生活除了眼前的苟且，还有诗意和远方。一行行抑扬顿挫的诗句，如清澈透底的泉水每时每刻都在奔流向前，滋润天下的生灵。古代诗词给我们生命的启示、人生的智慧，使我们的精神生活更丰富、眼界更开阔、生活更有动力，增强面对生活艰难的内驱力和使命担当的豪情。

《青春都一晌》这个书名非常有韵味，因为它来自宋代词人柳永的《鹤冲天》中的句子：『青春都一晌。忍把浮名，换了浅斟低唱。』能在浅斟低唱中把自己的词作带到有井水的地方，这需要什么样的内力和气场！人生不过一刹那，青春能留下一晌的印记，这已经足够了。词人我最敬佩柳永，我非常喜爱以柳永词句命名的书。

序篇 书写五彩青春，奠基诗意人生

中国是一个诗的国度，始于《诗经》，历唐风宋雨濡染，经元曲明戏浸润，生生不息，代代相传。优秀古诗词是我们文化的精华，或千锤百炼，或妙手偶得，给我们创造了美妙的意境和愉悦的感受。

《中国诗词大会》受到社会广泛好评，充分显示了传统文化的魅力和中国人的诗意情怀。伴随节目的播出，一位位诗词达人进入了我们的视野，一个个与古诗词结缘的故事令人动容，他们让我们感受到了中华诗词的伟大力量。

在我们身边同样也有这样一位才女榜样——高二（10）班朱承彧同学，她酷爱文学，热衷于古诗词创作。她3岁便将《三字经》背得滚瓜烂熟，5岁就将钱文忠先生的《钱文忠解读弟子规》看得底朝天，随后各种典籍、诗词过目成诵，在学习之余背诵了近千首诗词，也创作了数百篇诗词佳作。课桌上最常见的是她最爱的《李白诗集》《苏轼文集》，校园里最常见的是她与语文老师侃侃而谈的诗词人生，或与三五知己流连的文字光影。正所谓腹有诗书气自华，她成为同学口中的“适合生活在古代”，语文老师口中的“为文学而生，乐在诗中，诗在心中”。

作为我校创新实验班学生，朱承彧同学同样要面对高考，面对繁重的学习任务，然而她不仅满足于获得一个好的考试成绩，当一个学霸，在学习好的同时，她正在追寻自己喜欢的知识和学问，丰富着自己的精神世界。同学们除了对她钦佩、羡慕之外，更应该从她身上获得启发。

首先，应该养成主动学习的习惯，提升自己的学习力。苏联教育家苏霍姆林斯基告诉我们，“应该抱有一种强烈的愿望去学习，去认识世界，以不断丰富自己的精神世界，倘若学生只是以将来是否有用这种观点来看待知识，他就会没有激情、计较个人利益、动机不纯，甚至情操低下”。因而，一个人应该从小就开始不断地唤醒或弘扬自己的天性中蕴藏的探索的冲动，对未知的好奇、对知识的渴望，培养对学习的终身热爱，这应成为当代中学生应该具备的品质，更是未来优秀人才的基本素养。

其次，在学习上要全面发展、学有所长。21世纪人才标准特别强调，除了有高尚的情操和良好的人品以外，在博学广识的基础上，要在某一领域或某些领域有所专长。北京市制定的新的课程方案和新的中考、高考制度都不再分文理科或主副科，强调全面发展；增加了考试内容和考试科目的选择性，强调特长发展、个性发展。因此，每个同学都要树立自主发展的意识，认真学习各类科学文化知识，深入掌握学科核心素养；积极参与综合素质评价，全面认识自我，发现和培养自己的特长和潜质，从而确立升学目标和发展方向；要在老师和家长的指导下，尽早地制订自己的生涯发展规划，结合兴趣和志向，积极地思考和规划未来想从事的职业领域。同时，还应该主动地了解社会，把自己的梦想和追求同国家建设、社会发展的需要紧密结合起来。唯有如此，才能更好地实现自己的人生价值。

再次，要树立有系统积累的学习意识。学习是一个长期积累、逐渐内化的过程。任何知识都存在于一定的精神生态之中，必须通过学习者的改造、扬弃、整合、升华才能转化为内在的能力和素养。心浮气躁，希望学习立竿见影，不可能获得真学识。这就需要我们以宁静、执着的心绪对待学习，刻苦勤奋，持之以恒。心理学家韦尔伯把真正的学习定义为“思想与理解向深层次结构的转化”。当学习的突破发生时，自然就会达到“思接千载、视通万里”“夜来一笑寒灯下，始是金丹换骨时”的境界，这就是学习的快乐，刻苦的回报。

最后，还要参加各种学科实践活动，获得丰富的学习体验。“纸上得来终觉浅，绝知此事要躬行。”学科实践活动既是对学习成果的固化，也能够促进综合素养的提升。通过实践活动，可以很好地锻炼和培养同学们的沟通和表达、合作分享、灵活应变、创新思辨的能力，造就一个阳光自信的自己。

聪明的学习者总是善于学习他人的优点，从榜样身上汲取智慧和力量，激励自己追求卓越。所谓“高山仰止，景行行止”，就是要向学养深厚的人看齐，这是人类文明连绵不绝的源泉，这也应当成为二十中校风的特征。

有人说生活除了眼前的苟且，还有诗意和远方。一行行抑扬顿挫的诗句，如清澈透底的泉水每时每刻都在奔流向前，滋润天下的生灵。古代诗词给我们生命的启示、人生的智慧，使我们的精神生活更丰富、眼界更开阔、生活更有动力，增强面对生活艰难的内驱力和使命担当的豪情。

挥毫一展意气风发凌云志，这就是灵秀隽美二十中学子心。愿每一个同学以饱满的激情，挥毫泼墨，舞动丹青，聚焦精彩。在点、线、面的节奏中，在七彩流光的韵律里，抒写对青春梦想的追求，讴歌对幸福生活的热爱，共创人生壮丽辉煌的篇章，这便是我们人生最大的诗意！

陈恒华（北京市人大代表、二十中学校长）

代序

今天你是我女儿，明天我是你爸爸

当厚厚一摞书稿放在我面前的时候，我因极度兴奋而紧张。

以我的能力和资历，我轻易不敢接受给别人作序的申请。以前好友邀请写书评，我大多是硬着头皮以读后感的形式发表。因为，我还不够给人写书评的声望。

今天，我之所以要破例作序，不是因为我具备了声望，而是我具备了一种“资质”——你是我女儿。

从呱呱坠地，一直到今天，你是我的一个符号。当别人说到你的时候，大多会说，你是我的女儿。

在过去的十六个春秋中，你从最初的一个数字，逐渐地以原点为中心往外辐射，你仿佛一个光点，不断地往外释放着光亮；你好比一颗种子，顽强地生根发芽，直到如今的茁壮成长。岁月的年轮上，每层都有越来越闪耀的光亮。我一直自豪于拥有你这个符号。

当年在医院你跟我见到第一面，我叫你一声“闺女”的时候，你以似哭非哭的声音对我“啊”了一声，我的心随即跟你的音频产生了共颤，我知道，我们这辈子的父女情分已经天定了。

第一次为你自豪，那是因为，你整天以自己的呐喊告诉医生护士，你是一个健康的娃。而就在那个时候，我有48个小时没有合眼，查遍了中外网络上所有关于溶血病的资料，当我拎着满满两纸袋的资料到医院的时候，我们父女俩的表现打消了医生的最后一丝疑虑，你从155号变成了我的女儿，我和你妈妈真正开始“接管”你了。

第二次为你自豪，那是你在上幼儿园之前，别的小朋友说话还不利索，而你竟然熟练背诵《三字经》《百家姓》，很多父母几乎都不相信。我们没好意思说的是，你牙牙学语的时候，就会背几十首简单的唐诗。

其实，这些都没有什么，谁的人生没有花开的绚烂？谁的青春不会掀起微澜？

当我决定为你写《成长日记》的时候，我就发誓要以爱的名义跟你一同成长。日记没写几年，我发现坚持不下去了。为了提前还完房贷，将你为数不多的压岁钱存折破掉的事，我不知道能不能记到日记中。这是爸爸最尴尬的时刻，一直到现在，我都没再给你续上这个存折，不是没钱，而是希望以另外的形式表达对你的爱和责任。

我以码字的形式，延续了《成长日记》的写作。

从2008年到现在，我已经坚持了十年。只要你没完成作业，我就不会停下码字的脚步，只要你还在挑灯夜战，书房里的灯光就会一直是你的陪伴。

你激励了爸爸的成长。

十年中，爸爸用业余时间码出了600多万字，最终出专著6册，公开发表和刊发的文字超200万字，这些文字都是在陪伴你的过程中完成的。在40余年的人生中，我从未萌发过当作家的梦想，十年的陪伴，竟然让我成了一个非著名的作家，我说这是爱的回报，你认可吗？闺女，你会为“你是我女儿”这种称谓感到自豪吗？

我们一直为你感到骄傲的！

我们骄傲于你没有让我们念叨过“邻家的孩子”，我们骄傲于你待人的真诚和善良，我们更骄傲于你会爱每一个跟你交往过的人！当我们听到老师们亲切地叫你一声“宝”的时候，你是老师喜欢的学生；当我读到你为老师、同学写的姓名藏头诗时，我知道你由内而外都会被爱心包围；当我捧起你的纸质书稿的时候，我知道，我们之间的称谓，迟早要发生顺序的变化。

也许从这本书开始，我就会被称为——我是你爸爸。

《青春都一晌》[1]这个书名非常有韵味，因为它来自宋代词人柳永的《鹤冲天》中的句子："青春都一晌。忍把浮名，换了浅斟低唱。"能在浅斟低唱中把自己的词作带到有井水的地方，这需要什么的样内力和气场！人生不过一刹那，青春能留下一晌的印记，这已经足够了。词人我最敬佩柳永，我非常喜爱以柳永词句命名的书。

在阅读书稿之前，书中的每一篇文字，我都读过多遍。熟悉我家情况的亲人朋友，每每会问我，姑娘的文学水平是不是超过我了？他们原本以为我会尴尬，其实，我内心充满自豪。

说心里话，没有读过我家闺女全部文字的人，可能真不知道你的古诗词达到了什么境界，不知道你的写作水平到底进入了哪个层级。我是一直关注着你成长的，你的点滴变化都没有逃过我的注视。

当我读到你的《遣怀》一诗：

秋风吹客泪，卷入我杯中。

饮去一觞酒，化作相思流。

---

1 "青春都一晌"原文为"青春都一饷"。"一饷"在古代指一顿饭的时间。时过境迁，在传播过程中用"一晌"替代，这样从字面上更容易理解。

我就知道，在古诗方面，我已经无法超越你能营造的意境了。20个字能将情感表达得如此婉转、细腻和曲折，这已经是顶级水平，我难以望其项背。假如只让我推荐一首你的作品，我一定推荐这首诗。

这首诗让我想起了1400年前白居易叩见前辈诗人顾况的故事，顾况原本拿“京城米贵，居大不易”来戏弄一下白居易，当他读了“离离原上草，一岁一枯荣。野火烧不尽，春风吹又生”的诗句时，顾况连忙改口“道得个语，居即易矣”。

女儿生在京城，不惧京城米价。北京肥沃的文化土壤，让你的文学种子，很早就在心里萌芽。记得还是初二时，学校组织学生参观现代文学馆，有感于现代文学大师的功绩，回来后，仿王勃的《滕王阁序》体例，你写了一篇《现代文学馆赋》，该文很快就刊登在《中国金融文化》杂志上，并被多家期刊转载。

也许是受《现代文学馆赋》刊发的激励，你才思泉涌，在文学道路上一发不可收拾，古诗、古词、散文、游记等各种体裁的文章如泉涌般迸发。两年的时间，你利用业余时间写就了十余万字，这些文字部分被报刊发表，部分参加全国性作文竞赛获奖，最核心的部分被你就读的北京市第二十中学做成了文学成果展，在全校连续展出了数月，据策划这次文学展的冯应明主任说，二十中历史上第一次为一个学生办文学展，女儿创造了一个纪录。

文学展不久后的中考，你以北京市中考语文满分的成绩创造了一个纪录，我们和你的母校一起，为你的成绩感到万分的自豪！

给一个十几岁的高中生出作品集，这是我们以前做梦也不敢想的事。而学校举办的文学展、女儿在大赛中取得的成绩以及中考语文满分的成绩，这足以证明你的文学水平已经达到了一定的高度。

女儿，将你书写的文字结集出版，对于你的同龄人，不仅能发挥榜样的作用，而且，这本书可以作为中学生开卷就会得益的参考资料，可以供同龄人随手翻阅。从这个层面思考，女儿也算是对文学事业做出了基础贡献。

因为我在30年前高考时疑似得了个安徽的单科状元，或者是因为我成了一个非著名的作家，很多人将女儿在文学上的能力归因于我的遗传。说真的，我想担当这份荣耀，但是，每每想到女儿在文学事业上的执着追求，以及你对文学那种发自肺腑、内化于心的痴迷，我还是对别人实话实说，女儿取得的一切成绩都属于你个人的拼搏，跟遗传没有关系。

假如，非要将女儿跟我在文学上建立关系，我不知道处女座的我是否让女儿在文学创作中继承了精细和细致的品质；我不知道“直男癌”的特质是否让女儿“传染”了诗词创作中的精简和干练。但愿读者能从我和女儿的作品中发现我与你之间的相同和不同之处。

处女座第一次给人写序，这篇序也是我的处女作，我不知道我的序言是否让我的女儿满意。这是一个“直男癌”非常在乎的答案。其实，不满意也没有关系，因为，我是你爸爸!

是为序。

朱晔（中国作家协会会员、中国金融作家协会理事、副秘书长）

2019年1月28日

词篇

枕上诗书闲处好，门前风景雨来佳

我爱词，以作词人为所思人，以词中景为眼前景，以词中意为心中意，以文人情为自己情。以词为媒介，可以打破时间的界限，穿越千年，结交古人为知己；可以冲开空间的桎梏，向往最美的远方。词，总可以带给我慰藉与愉悦：所到之地，作词一首，吟咏感怀；所爱之物，轻唱新词，抒发欢愉；所忆之人，词中入梦，以解相思；所感之情，汪洋恣肆，泼墨挥毫……正如苏东坡所云：『且将新火试新茶』，如今，何不置词一卷、茶一盏，趁年华刚好，品词中味道？

长相思·在长安

长相思，何时安，佩玉玲珑相思断，弦和引青鸾。青丝绾，红豆簪，君子陌上相思远，各在天一端。

坐庭前，倚槛望，飞花惹眼相思乱，醉骨枕衣倦。东风舞，任芳兰，合窗微雨相思染，流水恣贪欢。

点绛唇·寒时夜暮

寒时夜暮，拆去旧穗结新珠。相思远道，千里迢迢渡。

颦眉回顾，无计得归处。仰天看，飞驳为路，解罢相思苦。

蝶恋花·枕边步摇鬓边插

枕边步摇鬓边插，幼时新鹊、枝下藏流纱。莺音婉转流光霎，江边鸥鹭歇白沙。

故时夜半落灯花，长簪珠侧、青丝绾韶华。本欲和风待明霞，却误了半池蒹葭。

蝶恋花·戏对相思客

紫嫣花玉虚门掩，飞云缥缈，黯雨映红笺。独坐窗楼剪烛棉，泪满两袖清欲涟。

碧水浮还清晓梦，夜半骤醒，无言清秋过。愿扫江湖尘埃尽，慰藉天下相思客。

蝶恋花·慕东坡

穿花蛱蝶影成双，青杏初小，莺语染红妆。未得常计留春驻，院外恍若银秋霜。

松冈月映若还乡，飞驳归去，桥断留遗章，苦恨晚生千百岁，无缘嫁与东坡郎。

关河令·相思

骤寒微雨拨花乱，落满庭芳残。锦绣书怀，未语情先断。

雨打虚户连连，绣烛前，剔拨红焰，解了相思，灯火默阑珊。

江城子·泪雨离离终不悔

泪雨离离终不悔，填诗作，只为谁？愿化鸳鸯夜夜成双对。深坐楼帘蹙蛾眉，侧辗转，夜难寐。

绝尘远去再难追，饮水词，飞花对。玉露滴碎化作相思泪。高歌自语心神醉，载酒路，何不归？

江城子·思泪如雨

朦胧细雨染风絮，佳人语，梢头续。琵琶落珠，叹思期未遇，纵而此时得还乡，断思量，几归去？

问君葱茏能几许？销魂处，竭思绪。枝上落花，盼春风几缕。回首何日得重聚？泪不断，淋如雨。

江城子·初年忆旧梦后主

落花昨夜寒雨长，三千记，路茫茫。梦中为客，却贪欢一晌。流水落花春归去，笙箫畔，恍霓裳。

醒来提笔轻安句，歌台响，遣惆怅。暖衾慰藉，何以《阳关》唱？只待春来花枝曲，难忘却，人间凉。

江城子·秋思

浅斟一爵曲轻扬，叹情长，怎思量？但闻悠扬，谁懂曲中殇？纵使离别更难赋，再相对，此生畅。

涟漪轻泛舟桨扬，念一曲，谁人唱？烟波千里，秋霞晚微凉。抽簪散发对疏狂，疏何妨？狂何妨？

江城子・秋妆

南宫携来海棠香，秋风凉，我重妆。蹙嫌唇浅，轻抿纸红张。低首扫眉又清浅，胭脂上，形秋娘。

待到婵娟半满时，乘兰舟，泛秋江。拔钗散髻，腰际青丝长。玉梳轻理指尖绕，秋波渺，襦青裳。

减字木兰花·美人媚

倾美人顾，去时笑语长空复。
盼美人舞，霓裳一袭贞情注。
望美人骨，恍若三世玉莲妩。
待美人书，玉指拨弦清音出。

减字木兰花·作一字（其一）

清浅红笺，只此一语断珠线。
墨迹氤氲，情之一字何为难。
此情缱绻，贞柔一世并蒂莲。
弄舟散发，纵此一去别人间。

减字木兰花·作一字（其二）

如云秋水，水葭一簇凝霜露。
雁字长飞，飞鸿一肃千帆渡。
醉里看花，花间一语好为赋。
强笑问情，情之一字怎生书？

临江仙·思绪

玲珑玉珠缀浅屏，寒露半透轻灵。冬过折来柳青青，伫倚香秀影，涟漪泛清平。

笑语一袭步轻盈，柔荑指点秋景。簪花斜入衬钗铃，盼君未归处，戏问情重轻。

木兰花·回文（其一）

衷情诉尽飞花舞，舞花飞尽诉情衷。
葱青叶细缀花娇，娇花缀细叶青葱。
重思忘却情花乱，乱花情却忘思重。
宫南复去梦花落，落花梦去复南宫。

木兰花·回文（其二）

回眸双燕柳轻剪，剪轻柳燕双眸回。
未着花寒水清时，时清水寒花着未。
疏影横波暗香处，处香暗波横影疏。
归去但惜情思续，续思情惜但去归。

木兰花·回文（其三）

如云轻缈薄纱素，素纱薄缈轻云如。
误弦丝缕千帆渡，渡帆千缕丝弦误。
舞尽飞花落情思，思情落花飞尽舞。
无言笑看春常复，复常春看笑言无。

木兰花·绣作笺

穿针频乱掩慵怠，红腮娇媚怕人猜。
枝满红豆无人折，但怕相思君未采。
鸳鸯戏水双双过，彩蝶翩跹对对开。
红笺传君忙趋走，唯恐君将信还来。

木兰花·戏误句

望穿春雨忆昔往，误言诗对笑岑郎。
大言故吟蓬蒿句，谁知年少自疏狂？
故称的卢忽来世，先主飞跃怒涛江。
水上空留马行处，可堪纵马荡边疆。

南歌子·相思记

落雪染花醉，临风恣意抒。刹那思绪怀终古，乱红意欲凌寒却荒芜。

几载清秋度，自问忘情无。何时飞絮凌空舞？不觉泪浸相思枕边书。

南歌子·梦里欢相见

梦里欢相见，别去久离伤，红尘逝去若涛江，疏叶影里独饮叹清狂。

情字无归计，无言隐心殇，字字真情流纸上，难掩相思垂泪落两行。

南歌子·临弱水

凤带金嵌日，云纹素连书，如碧连天说浅入，笑言黑水河畔江涛舞。

期年盼君驻，今望山前麓，班马一骑清秋复，却言长歌一时曲还无？

南乡子·漠河

弱水秋意凉，遥望对岸北连乡，寒水轻诉心所向，汤汤，不见雁字落白霜。

墨溅舞霓裳，清平辞调似流殇，轻吟一缕曲悠扬，茫茫，曾记否——曲水流觞。

念奴娇·思远人

秋尽风残，花开败，近来思绪千百。金风徐来，人不复，那时情意长在。恍见玉容，墨眉轻扬，透雪融香腮。翩跹衣带，素若云锦乍来。

如今思情空余，却身逾远塞，清菊微曳，幽芬若无，旧墙拆，唯念那时未爱。孤雁徘徊，长烟离漠直，蓬门今开，相对无言，若客路青山外。

卜算子·桂

遥观远春色，欲赏近却无。随风江南沾玉露，独作临江舞。

缦回清香远，红碧自不如。缥缈十里香魂诉，只有清秋顾。

卜算子·杏花

浮云遮天际，蔽日隐江流。残花雨落风吹去，杏影任芳柔。

黄昏独立愁，纷扰情难休。愿君赠折一枝留，此物最解忧。

卜算子·春

春柳倚红翠，年少最风流。凝妆楼上江天近，槛外水悠悠。

微醉邀知己，对月酣高楼。玉颜浅藏桃枝下，黯黯生春愁。

破阵子·代蕙仙意

素手闲掐翠萝，眉黛缓描清墨，帘卷东风廊外过，杏雨梧桐堪对错，庭前柳婀娜。

醉醒伏案弦和，相思不安行坐，玉簪绾发鬓消磨，春去秋来愁过客，风雨无人说。

破阵子·骤醒惊散春鹊

骤醒惊散春鹊，恰作夜半星繁。离枕轻扶斜鬓鬟，夜来忽起披罗衫，独往兴阑珊。

盈盈玉湖平镜，风拂轻起微澜。明月钩银孤影对，却怜枝头花吹散，慵遣寂寞寒。

青玉案·行舟横楫卧山水

行舟横楫卧山水，江湖远，独浅醉。默阑灯火深秋处，棋子落定，盏茶相对，失步情崖坠。

波縠皱锦绣成堆，梧桐叶上三更雨，化作相思离人泪。千年易逝，天若有情，亦犯相思罪。

青玉案·元夕忆旧题

流光暮色满星辰，阑珊寂、情孤深，暗拟清狂难自醉，悲作行人，题诗曼道，消得忆昏晨。

新风拂柳无人问，梨花吹鬓满芳尘。频繁幽寻曾几许，倏然垂泪，相思未尽，憔悴自愁身。

青玉案·妾追情

方才疑应君情绝，默含泪，弄闲筝。才罢寒雨却来风。春色将近，夜暮犹晚，花间自相逢。

几番寒去仍微冷，归来小径磬晚钟，青丝渐长烦恼增，相思绵绵，问君知否，遣词悲句生。

青玉案·飞花零落惹心乱

飞花零落惹心乱，天易见，见君难。当时相知已如憾，天若不见，相思未遣，暮寝应未眠。

独坐庭里拨筝弦，拨乱恰在相思际。窗外飞来比翼燕，叹念伊人，弦音不见，匿了开心颜。

青玉案·昨夜惊寒霜满户

昨夜惊寒霜满户，看朝景，兰舟渡。静谧无人空飞瀑，清帘遮下，溪下曼舞，欲待清秋度。

梦里伊人回眸顾，掩多少红尘归处？波卷水上风满縠。夜雨冯怒，抽簪归路，珠帘总不如。

鹊桥仙·怀秋

画中秋水，门外重山，满鬓愁思三千。金风更待梧桐嫁，遥迢相距忍红笺。

飘花零落潦水乱，轻纱惹眼孤树寒。故国容颜牡丹色，回眸轻莞动长安。

秋风词·春景

月缱绻，柳翩跹。
迷离纷雪见，顾影落芳怜。
雾霭尘中相思意，云海侧畔倾城颜。
举首星熠熠，垂眸泪涟涟。
追梦天人惊涛里，闻语海客天姥间。
庭前飞翠染青杏，墙里乱红过秋千。

生查子·江南好

昨夜寒风骤，今朝雨疏愁。
默放花千树，落叶空悲秋。
纵看江南处，唯念笑语柔。
嫣然回眸看，轻晒情未休。

水调歌头·落花春渐晚

落花春渐晚，梧木栖青鸾。伤心几番碧色，良辰更千般。我欲陈诗玉案，奈何黛落远山。泪染蛾眉蹙，骤醒蝉鸣住，微醺幽梦寒。

相思怯，红颜惋，愁难断。明月凭栏，林花未解霜飞晚。含笑夫君回眼，自是妾最婵娟。春去梦流水，夜尽对交欢，风过泪痕干。

思远人·感怀

素锦轻拂柳梢头，云卷清风骤，归雁何处，伊人思绪，缱绻寄兰舟。

飞鸿黄花相伴客，飘零百般愁，因思泪空流，秋水魂断，唯叹情悠悠。

山坡羊·草原怀古

一曲清扬，但忘惆怅，零落散孤冢荒凉。烟火烫，鸾歌长，连天碧草若兰江，唯念不曾复离殇。景，舒惬又何妨？人，清狂又何妨？

武陵春·春雪

忽如昨夜晚冬去，小园曲径幽。
犹幸早春堪眷顾，踏门寒风休。
应是不舍离别意，抬眼独自愁。
留待黄昏慰残雪，不忍消，牵衣袖。

武陵春·酒歌愁

红笺无字片语留，青丝染霜旧。
物是人非愁难收，借酒愁方休。
静立未语泪空流，默把金簪抽。
离簪散发轻携剑，醉歌独踏兰舟。

武陵春·清秋场

斜吹添过横舟桨，枝上白霜降。
秋风携来栀子香，江畔曲轻扬。
曾经欢念景空凉，清骑送离殇。
去日悲叹烟火烫，问卿此心所向。

望江南·静

揽旧卷，慵坐长篱下。
莺儿燕子相合罢，参差垂柳染烟霞。
独立待新花。

望江南·愁

钗回鬓，斜倚望秋霜。
飞沙侧望去涛江，蛾黛朱唇结新妆。
花落竟临窗。

望江南·忆

春芳浅，独倚诉筝弦。

苦恨临窗闻戏语，落寞寻处折红笺。

偷得半日闲。

湘妃怨·填旧题

波浩渺兮烟尘，遇危崖兮迂回。
望倾城兮不见，畏湍流兮莫归。
沿霏霏兮风雪，赏青青兮葳蕤。
上巅峦兮险惧，采峰林兮当归。

西江月·梦伤春之一

伤心碧透春寒，凉夜月上柳弯。梦醒夜半思绪转，回首故去千般。

云鬓斜倚金簪，独自凭栏怅惘。几番梦里难相问，怕是人间清欢。

西江月·梦伤春之二

细点额前花钿，笔描黛眉远山。待到青丝妆绾罢，何时月落柳弯？

梦里强笑装欢，不知泪洗妆残。梦醒惊回意未觉，误了一晌贪欢。

雨霖铃·梦欢

花残酒家，梦中骤醒，朦胧雨下。归去销尽思绪，落芳华，但念古刹。无端醉灯三盏，恍惚辨真假。听窗外，金风飒飒，独忆去日只一霎。

秋景悠悠满霜华，望春朝、笛青树柳花。回首绝尘一骑，但误了，秋意肃杀。一别清欢，恍若离愁，又若甘茶。更难抹苦涩意味，来日把花插。

雨霖铃·春雪

邀约春来，流连雪聚，寒去昨年。停步抬望疏影，犹恐梦半是人间。倏然转望湖水，素锦平无边。吹罢柳枝轻风遣，花飞缥缈盈漫天。

新燕低雪传红笺，何曾见，歌吟舞江天？应是翩跹醉影，戏语歇，簪花微斜。梨花娇落，缀雪零落青丝尽染。恰似宝珠千万点，慵拂落花怜。

雨霖铃·临窗吟语

临窗吟语，早春将近，微雨点点。玉湖浅藏漪涟，素手举杯扶高槛，新酒醉吟歌罢，袜划蹴秋千。裳裙倚花玉骨媚，回眸莞尔影翩跹。

蛾眉云鬓映花颜，胭脂点、青黛落珠簪。徘徊晓观春色，钟声落，盈盈欲晚。步上香阶，风舞灯花涟涟。雨暮春景欲流连，帘卷美人嫣。

雨霖铃·秋感

飞花乱点，云卷稍住，风雨未休。暂歇忘却清愁，遣心绪，缓步兰舟。静立凝眸江水，竟半晌空悠。尽眼中，不恣风流，遥听钟磬仰高楼。

蒹葭临岸濯沧洲，更低唱相思曲中留。玉盏红烛轻曳，醉意间，廊外回眸。暮霭朦胧，倏然惊觉雨湿衣袖。最喜阑珊灯火处，无赖是清秋。

雨霖铃·合窗朱案

合窗朱案，相思纸上，字不成章。离屋再看海棠，倚门回嗅缈缈香。夜雨狂风骤起，残红满地伤，如水石阶星微冷，牵挂半披绣衣裳。

万般诗对酒千觞，秋霜染，月色映未央。斜枝倒倾何处？夜雨透，诉尽凄凉。针行密密，独坐窗边倚绣鸳鸯。为不困相思情长，便匿了情殇。

一剪梅·春愁寄柳任芳汀

春愁寄柳任芳汀，戏也娇莺，留也娇莺。
相见别怨错倾城，笑也娉婷，语也娉婷。
昔期难回皆怅叹，星也疏零，曲也疏零。
梅雨执棋落灯花，行也思卿，坐也思卿。

一剪梅·值小年

小年遇大寒，甚冷，天地若冰封，是为此篇远思绪，盼春来。

燕来新柳拂云霄，廊外羞涩，庭里怯娇。
恍若闻啼子规悄，落笔无言，纸上寥寥。
斜风细雨叶飘摇，作词遣怀，相思遥迢。
回眸浅笑桃之夭，初芳将近，青杏欲小。

一剪梅·诉情痴

卷上微雨红笺字，红尘碌碌，陌上初识。
泪雨不见笔未执，稍歇停至，缘浅相知。
用典无处难自寓，隐却倾慕，难遣相思。
待到思霁见如是，爱到极致，便为情痴。

一剪梅·谁言我辈无情

谁言清酒总无情？浊为贤圣，清且无情。
谁言片语唯闲静？无心悄言，却把人惊。
谁言月满天自晴？伊人不在，星月疏零。
谁言唯我不怀憬？独听钟磬，浅顾娉婷。

一剪梅·一代天骄

钟鼓远尘凡世老，泼墨挥毫，书笔喧嚣。
遥离长安叹逍遥，风又飘摇，雨又连招。
大漠茫茫疏黄草，官道寥寥，飞尘渺渺。
卿纵尔一代天骄，景又萧条，情又寂寥。

一剪梅·尊师

云烟缱绻轻风扬，字句琴上，墨迹微凉。
兰居空谷隐竹篁，春风如袂，秋水为缃。
蜡炬垂泪天明处，岁月无言，青丝染霜。
红笺纸上道清狂，归去满园，桃李无疆。

虞美人·浅愁

微漪湖上泛轻舟，笑问几许愁？举杯醉酒愁方休，露降霜白更染几度秋。

残醉未去浅斟就，独望水空流。思心未改难忘却，情之一字更得几人留？

虞美人·梦蝶

书笔浅戏默迎秋，江上泛轻舟。半世疏狂叹名就，醉看花间独戏一鸥游。

但把青梅浅香嗅，陌上余雕镂。盛事不常事事休，君言清秋忘却几分愁。

玉楼春·忆相逢

初逢庭上愿相知，料君见我应如是。浅眉朱唇红袖意，低语悄折杨柳枝。

如今若许君心故，不如清影凭栏时。今生筝鸣萧瑟事，来世不愿再相思。

玉楼春·双珠同心牵丝线

双珠同心牵丝线，微倚小楼花庭前。遥遥天境两相诉，连理双枝相缠绵。

平生只羡梁上燕，年年岁岁长相见。可怜相思归何处，道远不见云水边。

玉楼春·嫁子瞻

婵娟玲珑娉袅华，青丝束冠待新嫁。红妆踱步窥郎君，料是此地东坡家。

秋千蹴罢枕边人，朝晨暮寝戏红霞。才罢一首《江城子》，便作吟曲《蝶恋花》。

玉楼春·顶真秋情

情思牵动寒秋水，秋水长去叹何知。

何知千载水空流，空流清秋见如是。

如是相离远深秋，深秋相见应何日？

何日再唱离别赋，别赋空弹断情思。

玉楼春·引改《节妇吟》

遥怜明珠双泪垂，思君如痴荼更醉。
慵连短亭闲院落，去日竹翠犹葳蕤。
伤心碧色青山远，暮渐零落梨花随。
独立小楼微雨后，倚看花落燕双飞。

渔家傲·羞昨夜

重峦远山寒黛青，九天明轮隐万星，娇花莞尔莺啭鸣。风声断，梧桐夜雨恰三更。

金簪斜露眼波盈，半掩喜色凭谁问，疑应昨宵春梦好，羞乘兴，笑怪今夜赌书人。

鹧鸪天·怨清狂

回想悲秋深院凉，庭里枝落残草黄。夜来忽闻梦中事，漫塘雨水碧春芳。

枕青草，踏新桃，泪浸笺纸字疏寥。自是相思无人问，蓦然垂泪叹清狂。

鹧鸪天·渐暮

灯花渐落影随身，犹怜夜雪晚来春。曲和诗吟争作序，柳曳花飞月近人。

得知己，对金樽，酒酣诗令犹温存。凭轩望尽夕阳好，独留新词向黄昏。

鹧鸪天·揽枇杷

扫眉校书遣词忧，万里桥边倾城柔。言成世间双对晚，鸳鸯比翼自难求。

携绿酒，上高楼。金樽难解青丝愁。泪湿元夜相思断，春寂不若汉宫秋。

鹧鸪天·羞君郎

胭脂淡点作香腮，青黛浅描画蛾眉。

几番故作相逢对，独望君影隐明霞。

遮柳下，挽青纱，无意春风吹柳斜。

本是和羞欲掩色，回首装瞒折杏花。

鹧鸪天·醉洛阳

游人近水春色凉，留待新词劝斜阳。
缓赴亭台枕霜露，同行小径说文章。
临暮水，倚轩窗，笔疏墨涸尽千张。
满眼凄风单调色，不知何处是洛阳。

诗篇

山中人兮芳杜若，饮石泉兮荫松柏

春，腴桃细柳；夏，鸣蜩长歌；秋，红叶飘零；冬，素裹银妆，此谓四季。人生如四季，四季如诗歌。

何谓诗？当先人创造了文明，而后寻找到载体，便有了文字；心中有了喜爱或忧愁的事物，便成了民歌；当吟咏叹息之声无处搁放，便有了文章；文章开始讲求平仄格律，诗便衍生了出来。诗，给予我杜若的高洁与芳芷的典雅，它是文化的灵魂。

诗于我，心之歌，情之和。

遣 怀

秋风吹客泪，卷入我杯中。
饮去一觞酒，化作相思流。

《氓》[1]释

莞尔而来青衣客，取布欲将缄素换。
试问公子何来此，来即求妾许姻缘。
且送公子涉淇水，迢迢行远至顿丘。
非妾贻期故迟远，今有良媒得同欢。
但愿公子无迁怒，今秋为约望君还。
三踏颓垣登高盼，双眸楚楚凝复关。
遥望君家未得见，孑然盈泪落涟涟。
依稀故人身影近，柳眉轻展载笑言。
循天先占行卜筮，未有否卦惑姻缘。
君当驱车步马来，妾随嫁彩入君轩。
此季桑槐犹未落，思其木叶应沃若。
启帘得闻鸠儿啼，劝之莫食贪桑葚。
念及世间妙女子，莫为公子倾心乱。
公子情繁新人顾，又生良辰犹可却。
妙女情单唯一嫁，受困千结莫能遣。

1　《氓》是《诗经》中的一篇叙事抒情长诗，属于“卫风”，叙述一个女子从恋爱到被弃的经过，感情悲愤。《氓》是中国文学史上最好的一首弃妇诗。

来日桑槐悄然落，木枝枯而叶黄陨。
自妾出阁至君家，三载落魄少衣食。
遥望淇水惊波澜，白珠飞溅染裾裳。
思来未尝妾有过，恨君故违当时言。
夫君误错背人德，辗转二三易其心。
事夫誓拟逾三年，伶俜种作织素缄。
夙兴鸡晓长夜漫，不知朝暮经几转。
君既得妾芳心许，未曾怜惜反暴残。
兄长未因妾悲悯，戏谑讥妾错许缘。
独倚阑干思及此，潸然泪落唯己知。
思君令妾不堪使，当时情誓今成怨。
淇水敞阔尚有岸，隰阴渐远犹有泮。
当年竹马少年时，君心长喜妾亦欢。
忆君此誓誓时信，未料竟而故作反。
再思旧事犹不忍，且休此事别两宽！

长相思上杜拾遗

——读《茅屋为秋风所破歌》有感

淋漓泪雨洒江天，寒士窘困苍天见，
半生未逾千秋岁，何曾得见开心颜？
声名遐迩尝难负，江湖遥迢岳阳边，
渚清风疾聊肃寂，不若归隐云水间。
身似仁者医心圣，刺探人情道冷暖，
叹捻金针窥几分，退京冠盖辞轿辇。
悲苦凄寂流空断，何不愿曲鸣凤鸾？
连夜湿衾长泪落，痛惜病困两缠绵，
独楼登高章台意，坼土南垣吴楚前，
梦中广厦千万处，大庇迁客安如山。
空闻山间鸣水溅，憔悴斯人顾影怜，
苦悲心中烽火见，怎堪动荡安史乱？
笔锋凌转平战事，愿乘金戈踏狼烟。
感时空遗清秋醉，故国飞花惹泪泫，
风波骤起舟楫坠，骏边恐失盏灯沿，
歌吟长史千古恨，顾盼丹青卷长天。

蜀道难·忆李白

梦中久未见，空盼柳下却清欢一场，故填《蜀道难》以空忆。

空莫叹，危乎情哉。
相思之长，长于鬓边霜。
情长谈昔往，飞燕舞凝妆，
玉环醉酒羞花月，绿珠垂泪落红裳。
不知相思断何处，而今空对月色凉。
合欢同醉且荒唐，莫待韶华飞纵鬓初霜。
竹马空对杯盏自难忘，
若许相思为醉又何妨？
而今青梅尚待新酒，离别落尽满庭芳。
朝愁苦日长，暮叹辗转夜未央。
虚看灯影成君廓，卷帘犹带旧清香。
妾念描眉笑君郎，红消灯残影幢幢。
欲寄题笺无从寄，不知君郎远何方。
青丝烦恼情空赏，愁断肠。
相思之长，长于鬓边霜，啼语双双燕绕梁。
倚窗对半悬空镜，何日重圆旧情伤？

执笔微伏青案上，轻遣罗衾夜犹凉。

怀情应即诉，由来相思之事，莫待魂空伤。

踏迹长寻汶水傍，流年枉负，未敢思量，

寂寞天欲晚，浸月潦成江。

佩玦凝香，路短亭长，

梦泽沉逝，徒羡鸳鸯。

何时重逢见，杏雨报春欢。

相思之长，长于鬓边霜，歌吟流水尽流觞。

小年作

起思晏小山临窗思远人之情，后念前日窗外暮雪，甚感有怀，故为此篇。

墙外红梅倚阑干，细雨无言慕秋兰。
潦水忘却悲鸟意，比翼相和绕林端。
倾城初雪两相欢，坐看临窗暮色晚。
几曾着眼飞花乱，经冬叹念雪犹寒。

年

张灯祝语结彩环，爆竹贺岁鸣金鸾。
新尘濯面绿蚁醉，婵娟随行故乡还。
雾霭歇却云墨色，西窗高烛隐冬寒。
呈祥龙凤惜福禄，金玉满堂庆合欢。

胭脂墨

欲作用典展旧笺，遣词诗句对谪仙。
执酒临风洞庭月，裙衿歌舞水江天。
扫眉才子春风倦，誊写相思乱筝弦。
书笔恣肆泼云墨，卷气文质荡胸间。

梅　妃

素手描眉胭脂色，朱唇轻启唱云青。
玉楼天边婵娟影，静立浅笑倾国情。
落红逐水秋漫漫，乱云飞卷草菁菁。
姿容荡平烽火乱，凭轩回眸万军倾。

画中仙

余尝见一画，画上美人玉面，甚美，回味不绝，故记之。

凝眸低语笑温婉，不知轻落醉合欢。
高阁临窗启妆镜，浅眉远黛聚峰峦。
落笔困倦慵眉眼，庭前遣意盼君颜。
玲珑珠坠结假面，千年恍若画中仙。

江南雨

浅池波荡柳新绿，忘却长恨恰欢娱。
微感庭前风细细，惬意楼外步徐徐。
举头青丝扰天际，凝神暮色疏狂曲。
梦中却忆江南雨，何处寻得相思句。

游山陕会馆感怀

绕园湖上横水波，炉边古树歇飞驳。
院庭门前惜联对，阁楼台后悲匾额。
雕穿梁柱堪旧色，老城环却古运河。
流水默送千帆过，瞭远步上春秋阁。
亭对侧殿文曲设，祠祭关公献永德。
回想风云相错落，近晚遣词为言说。

扫眉才子欲对双

江山指点卷风云，闲来盏茶词书论。
阅遍古籍寻遗迹，临风对雁举铜樽。
扫眉才子抒真谊，胸怀诗书贤德存。
玲珑骰子相思去，春风十里不如君。

无 题

东风若来抚清漪，落梅濯水马蹄疾。
长簪轻绾韶华思，梨花鬓边青丝记。
谈笑常言莫相离，江水遥迢应远期。
莫道前世萍水逢，难却今生金兰义。

致同窗

风卷零落残花乱，忽感窗外雪微寒。
捻花错把红笺染，无言静坐待春还。
临阑倚柱登高处，亭台把酒笑言欢。
池边流水鸣雕槛，恍来燕雀过桥边。
院落满庭新芳近，汀上枝发春未远。
遗冬妄把箜篌对，与君共话风回銮。
旧忆思绪复缱绻，青天悄默对高轩。
至此金兰堪莫逆，劝君莫忘此情缘。

为张公子赋壮词以励之

烽火远看长安见，飘摇海客江涛连。
丛竹吟啸无客至，未酬满腹志空悬。
胸怀宗悫长风慕，枉屈贾谊孤帆延。
何妨徘徊置身处，登高忘却风雨间。

戏同窗

言行常若男儿郎，娇态恰似锦绣娘。

闲来谈及东坡事，只恨平生不姓王。

盼逾墙客

携诗悄望逾墙客，宋代翠竹恰如昨。
题句望解千年对，但诉相思梦花落。
前世未从桥边过，今世无缘生死隔。
来生愿为磁针石，东坡恰在我身侧。

清明游十三陵四首

其一

素阶无覆暖风扬，
石栏未遮绿荫凉。
碧院落春新意闹，
南明惜怜暮秋长。

其二

日高逢初起，雕甍浮微金。
无为春色入，绿园柏沁心。

其三

边塞声鼓起，沧溟簸千层。
明城烽烟摧，天边落雕甍。
遥望山峦翠，何处羁子游。
春色落满目，将军白发生。

其四

祭奠将军洒烈酒，何不戎装赴吴钩。
年少一战功名复，宴酣春意舞轻柔。
归心望断阑干侧，临岸当风赋神州。
千载功过未曾言，一纸平安报不得。
旗连秋水风萧瑟，战马鸣嘶士断魂。
相思两行几时歇？边关烽火战不休。
铁甲铮寒曜羌骨，霜重落发惜平生。
若非盛明不复在，何得荒景恣情留。

清风十载

——赠予柴王香珠

剑舞飞絮人间，君临天下抚宴。
清欢十载携手，仗剑对天谴。
骑射双雕一箭，桑槐树下百年。
彼岸花开芳艳，谁道此无消遣。

羞花闭月落雁，潇洒狂风仗剑。
扫尽一树繁花，院落月翩跹。
紫衣长跪庭殿，红袖忧殇谁见。
盼泛舟故人怜，月如钩话人间。

梦桃源

月映烛台舒豪卷，墨染古籍空悲怜。
沁雪翠茗岩泉寂，世外对弈隐桃源。
闭门觅句字斟遣，对客挥毫画庭前。
来日启窗含春信，绮碧杏花又一年。

雪

影去逍遥云海间，重霄碧落曲中仙。
暗思冬雪生寒意，恰似梨花舞江天。

随 作

千言笔下语珠玑，玉湖侧畔置酒棋。

试探君心离别后，玲珑骰子相思意。

伴飞雪游园

飞雪漫天银装落，枯枝飘摇柳斑驳。
闲步指点江河故，笑语缓上尊师阁。
园中又看古今事，庭前静立寒衣着。
潭中芙蕖开数败，纷雪锦鳞嬉戏和。
碧痕题醉殷黛墨，玉桥明媚涟漪濯。
遥看亭边泉作曲，临门仰天叹长歌。

上元观景恣书

疏狂唤得烟光近，画纸作弈对筝琴。
骤然忘却冬竭色，微风吹絮柳成新。
枯魂难点千秋句，遣词易成古今名。
银雨春媚花好夜，明轮恰似琉璃灯。

笑点江山　执手天下[1]

红袖添香，落霞芬芳。沧海忧殇，巫山云茫。
紫霓衣裳，善舞袖长。旷野云朗，匣锁昔年妆。
缁衣卫冕，白鹭栖殿。墨羽落雁，翩跹千年。
细雨连绵，曲幽路延。相遇如缘，青丝绾流年。
暮映蒹葭，剑倾天下。姿颜芳华，明眸霎那。
满鬓华发，当年盟歃。春秋冬夏，执手同赏花。

1　朱先生赞曰：蒹葭苍苍，白露为霜。我家有女，信马由缰。古风诗歌，曲水流觞。我欲乘风，醉在诗中央。

仿骚体为雪题

乱絮庭前盼春兮，望心纯之涟涟。

飞花缃紫绮绣兮，流水意乎境仙。

盛夏涛卷岩崖兮，夫采薇于其间。

不羁游而强毅兮，朕皇考欲畏严。

继兰秋而南宫兮，情深深而难眠。

惢情难语相思兮，为余心之所怜。

忘寒冽于凛冬兮，情义两相钩连。

纷扬落雪封解兮，唯夫人之九天。

怀屈子

午时闲步绕园，与同窗共谈《楚辞》深意，字句用典，颇为酣畅，又有所感，故借《凤求凰》为此篇以念屈子。

绕园闲步兮，笑谈曲江。
莫见屈子兮，但念梅香。
枯枝入眼兮，残败苍凉。
纷雪昨日兮，落梦还乡。
凝眸回顾兮，遥望高冈。
恣典聊引兮，庭后花黄。
高歌击筑兮，铅隐无惶。
恍忆渔父兮，泪凝寒妆。
文兮文兮诉愁殇，古来豪客皆断肠。
荡平四海中原意，九州驰骋跨八荒。
敢笔秉正前朝势，愿身疆场着戎装。
百年灰木留傲骨，孤冢攒聚道凄凉。
踯躅无地立江崖，谩对挥毫空怅惘。
举世皆醉独高卧，未羁归隐汨罗江。
文墨谱写丹心卷，镌镂忠义落文章。

文人风骨，《楚辞》遗韵

念往昔之竹林兮，思七贤之隽文。
及汉末之建安兮，慕三曹以长嗟。

叹余鄙才而怅兮，习古书而相逐。
虽知固难及兮，犹羡以长风。
吟咏少年若宗悫兮，抿太白之遗酒。
乘而纷与大鹏兮，揽兰芷之芳泽。
叹盛唐之江上兮，复太白之沙棠枻。
赏屈平之辞赋兮，溯木兰之洄地。
吟楚王台榭歌兮，抽簪怒其弥彰。
悲零落而与愁兮，寄明月方怀远。

喜春秋之转星兮，何不泼墨叙?
张旭发而草狂兮，犹王谢之所厚!
自上古有辞赋兮，全才人之所许。
美人才罢伤春兮，悲秋述尔期许!
忽池鹤于青天兮，拂窗棂而登楼。
鬼啼哀而猿哭兮，落木萧萧而临下。

悯人间事而爱民兮，往何地之从来。
圣贤濒水而叹兮，教达者逾七十。
又灵均之旧故兮，众女嫉矣蛾眉。
临汨罗而歌渔父兮，水尚清而濯缨。

余犹念斛而置宝珠兮，慰长门之寂寥。
思昔易安醉酒兮，可怜枝头消红瘦。
封花笺感薛涛兮，印胶泥以红泪。
佳女子居枇杷兮，临清泉而沃面。
微风携玉楼将春兮，瞻红杏校书郎。
呼白珠翻其西湖兮，欣云墨之阴雨。
又遥望以洞庭兮，媲长安之繁荣。
夫皎皎之明月兮，净若佳人之皓腕。
既采秋晨之白露兮，仿美人之明眸。
连山斜脉染青黛兮，如伊人之眉秀。
举酒引歌嗟长亭兮，恰斯人之长簪。

古来折柳送别兮，赠寒梅以寄远。
不畏翰墨疆场兮，及拍刀而催马。
朝倚修木而锤铁兮，夕枕青砥而长歌。
躬耕垄亩抱膝拥炉兮，上两表而忠蜀。
陵昆仑供其冠兮，长江水而濯足。

放浪而旷于外兮，念狂骨之不羁。
饮千斗而自许兮，醉街眠而谪仙。
柔情似水梦佳期兮，鹊桥喜而诗临江。
忍乱红染秋千兮，静岁月之悠好。

余既感婉约之柔怅兮，又喟豪放之义。
修余学之词赋兮，又狂书后长歌。
鲜优柔而无拘兮，纵漂泊而不顾返。
赏浮云隐白日兮，好宁谧之流年。
余开妆奁而对镜兮，轻点脂粉以为素。
固知绘事后素兮，犹须君子之教。
其礼教也仁厚兮，显喻文于风骨。
慕东坡之旷达兮，又钦少游之婉转也。
林下今犹风骨兮，余愿随其酣畅也。
金兰之贤雅兮，固交益友为觞。
或避世抑入朝兮，虽异道而皆贤也。
遂心而奔走兮，立志以学文。

仿古人之风骨兮，追先人之故情。
交文学而心悦兮，如飞鸟之归返。
寄余心予古人兮，实应慕其贤士。
借文辞以感怀兮，叹远不及踏古迹。

浸凝墨入文字兮，恨难书笔翩跹矣。

随裁一片云霞兮，缀辰星而为裳。

及江水之欲竭兮，方可减其半分。

实高仰其先达兮，犹不敢谓可知。

自仙人降文灵兮，晓观书而夕改替。

复吟咏其遗作兮，恍返古而行街。

感才人之文字兮，堪词句其华美。

叹故去之深情兮，未能阅历以为知。

效贤士存其风骨兮，愿余生而相逐。

散文篇

惟江上之清风，与山间之明月

散文，在我看来，是形散而神聚的精华；在历史与文学中上下求索的漫漫长路；是历尽了千年万世读来依旧回味无穷的意韵；是经过了历史的狂流冲刷依旧不会褪色的珍宝；是可以高雅到阳春白雪或世俗到下里巴人的文化气息的载体。用文字，敬佩烛之武的夜缒而出；用笔墨，歌颂苏武的北海牧羊；用崇敬之心，回忆蔺相如的雄才大略；用儒学眼光，尊崇孟子的仁政爱民……散文，可以容纳天下事，如江上清风和山间明月，乃吾与子之所共适也！

诗词如烟亦如画

诗词蕴含了一种不可言喻的古典美，富有内涵，令人回味无穷；诗词蕴含了一种古色古香的内在美，轻柔若水，令人如梦似幻；诗词蕴含了一种朦朦胧胧的意境美，云淡风轻，令人魂牵梦萦。

诗词界的大家，若非倜傥风流，潇洒异常，便是凄婉哀绝，诉尽情愁。不过这两种意境皆可运用自如，才算是真正的文坛大家。李白真不愧被称为“诗仙”，他的狂是“仰天大笑出门去，我辈岂是蓬蒿人”；他的愁是“君不见高堂明镜悲白发，朝如青丝暮成雪”；他的潇洒是“长风破浪会有时，直挂云帆济沧海”；他的豪迈是“人生得意须尽欢，莫使金樽空对月”。

李白作为史上第一文豪是毫无疑问的，难道只有李白才能写出如此潇洒但不失唯美，豪迈而不失婉约的诗词吗？不是的，每个诗人、词人都有自己不同的写作风格。例如，苏东坡的狂傲，柳三变的婉约，卓文君的凄凉，辛弃疾的豪迈，都有着自己不同的风格。

曾经，爱过凄美婉约，我便独爱朱敦儒、柳永、晏几道；曾经，爱过豪情疏狂，我便钟爱苏轼、李白、范仲淹；曾经，爱过忠肝义胆，我便犹爱文天祥、岳飞、辛弃疾……如果要让我说我最爱哪一个，我会不予回答，这些诗词，不论什么风格，我都爱至极点。

又想起“放船千里凌波去，略为吴山留顾，云屯水府，涛随神女，九江东注……”的句子，它让我魂牵梦萦，久久不能忘怀。相比之下，我觉得我更喜欢“十年生死两茫茫”“鸳鸯织就欲双飞”“红藕香残玉簟秋”这些句子，一旦在何处见到，我必要翻阅书籍，一睹她们的芳颜。这些诗句背后的故事也是令我心动的部分之一，凄凉的“红酥手，黄藤酒，满城春色宫墙柳”，悲惨的“从此萧郎是路人”，壮志的“人生自古谁无死，留取丹心照汗青”，寂寥的“千里孤坟无处话凄凉”……我自己也不明白为何对这些句子情有独钟，也许是一见倾心吧。站在这些诗句面前，感觉像是眼前的美景被烟雾遮盖得若隐若现，但只要你看破了这一层烟雾，便可以一睹她的真容。你放心，你面前的一定是一位温婉女子，因为任何古典诗词，都是得以登上大雅之堂的。

诗词之美，仿佛让人感觉云里雾里一般，初见之时不明其意却会对她们情有独钟，爱慕至极。你只要细细体会她们的美好，就能够亲近她们并了解她们，看到她们的内心深处藏着的或是凄凉或是美好的故事。

同样都是诗词，却有着不同的韵味和不同的意境，因为每一句诗都透露着诗人的性格。其实忧愁和欢喜只是一念之间，仅有一线之隔，诗词如梦亦如幻，诗词如烟亦如画。

诗词贵在真[1]

流年静婉，光阴停留在了时间的缝隙，化成文字，以诗词的形式缱绻在韶光里，融入文人的笔底。诗词中的景，如须臾的婉转，却在笔下永恒，无限真实；诗词中的情，迷离变幻，却又跃然纸上，无限真情。所以诗词之贵，贵在真实。

漫步在婺源的小径，看着身边的白墙黛瓦、殷花绿柳；歇桨坐在轻舟上，让小舟随着水波随意漂荡。穿过桥洞，看着小江两岸酒楼上招呼客人的酒倌，我忽然想起了那句“江上舟摇，楼上帘招”，我也仿佛像蒋捷一样，置身吴江，看着美若仙境的秋娘渡和泰娘桥，看着那一幕“红了樱桃，绿了芭蕉”。我忽然明白了景色之中的诗词之意，诗词中，美

1　本文为北京市2017年中考满分作文，文字为出考场后凭记忆默写而成。

景真实，每每读到那些文字，无限美景都映入眼帘；而每当我置身于那些美景之中，我也总能想起那些诗词句对。故曰：诗词之景，贵在真实。

光阴婉转，我踏足江南。墙外花叶杨柳，皆婀娜动人，而诗中的那番景致，也如同如今的江南一般。恰若“玉阶空伫立，宿鸟归飞急”之景，本是静谧的安好，此时却无端添了一丝“升堂坐阶新雨足”的意味。江南的江岸，有许多小孩子学着大人的样子捕鱼捉虾，那般“老妻画纸为棋局，稚子敲针作钓钩”的生活图景中，时不时还传来阵阵捣衣声，我脱口吟道：“最喜小儿无赖，溪头卧剥莲蓬”，再回看那幅水乡景致，也不禁暗暗喟叹，诗词中的美，贵在真实。

诗词之中，字句华美，但不仅文人笔下所描写的美景真实，纸上流露的情意，也都无限真实。诗词之景，贵在真实；诗词之意，贵在真情。

秋风高爽，拂在叶尖却全无萧瑟之意，我看着渐红的枫叶、望着归雁长鸿，不禁想到了那句“自古逢秋悲寂寥，我言秋日胜春朝”，诗人眼中有鹤，而我眼中也有飞雁，又有何不同？因而引了缕缕诗情，直冲碧霄。又如古人遭逢战乱，写下“烽火连三月，家书抵万金”的句子来记述对亲人、对故国的思念。这便是信中的乡思，同时这也是诗中的豪情，而这种豪情，也分外真实。

家书一封，尺素传情，我思忖良久，终于在宣纸上誊写下几句诗词，字句间饱含着浓浓的情谊，恰如那句“复恐匆匆说不尽，行人临发又开封”。秋来飞雁寄去的不是一封书信，而是一种相思。“玉阶空伫立，宿鸟归飞急”之句印在了红笺上，也印在了我的心间，诗句中的情思，也正如同我寄去的情思，那般珍贵，又那般真实。诗词之贵，也着实贵在真。

文字的组合，经历了千年的演变，形成了诗词。而诗词之美，也因真实而珍贵。诗中的一草一木、一景一隅，“任是无情也动人”；词中的一情一意、一人一语，任是浮幻也真心。诗词之美，贵在文人笔下的景色真实；诗词之韵，贵在文人流露的情感真实。所以在诗词中，无论是景还是情，都为诗词增添了几分色彩。因为诗词，贵在真。

现代文学馆赋[1]

时光唯复，百草奇园，忆里空余，三味书屋。执素笔而斥奸佞，书文章而赞忠烈。人心不复，热血心中众呐喊，世态炎凉，孤寂月下独彷徨。摒奸之意，弃猾之嬉，撰诗文以泯奸人，着籍纸以濯污流。十载寒窗不易随，千夫怒指，一代豪杰终难负，横眉冷对。忠心护国，笔似钢炼，心愿卫民，志若铁铸。民众之意，甘为孺子之牛，荡胸之志，不以甘醴为同。十年树木，风吹不朽，百年树人，经难犹存。

即即之凤，足足之凰，浴烈火而终涅槃，罄寒岩而得复生。摒尘俗于神韵，辞浊污于幽曲。凤倦啄之花翎，凰倦扇之馨香。泪倾如瀑，涕淋如雨。眷夙风轻，情痴烟缈。翱翔

1　2015年秋，学校组织班级参观现代文学馆，学习“鲁郭茅巴老曹”事迹后，便仿《滕王阁序》体例，作文学馆赋。

欢鸣，凤凰和鸣之韵，净朗芬芳，春秋共潮之音。

望德鸿，守雁冰，得止敬之玄珠，临形天之方璧。续回忆录，肃龙啸于尘嚣，念鼓吹集，慕凤吟于天下。初临子夜，尘世幻灭。林家铺子蚀三部，霜叶红似二月花。未泯动荡，于诗句中寻乐，叹息报国，借文章以抒怀。

寄予新生，千殒灭亡。家春秋难诉爱情，雾雨电方显激流。时光如水，追忆往随想录，举重若轻，病时作无题集。着寒夜，巧憩园，寂寞时出怀念，默寥中译红花。百岁翩临，只身开城前线，耄耋难复，经年访历四方。衷心慕国之庆，满眼祝国之生。书前记而临自序，谈战役而落春秋。躬逢典礼，登临现出文书，虚受军衔，笔书潇洒杂文。融情感而落书，莫不愧以当年。

嗟乎！十年浩劫，九载空余，才华易谱，志向难抒。冬日追忆济南，流华不复，梦中昔时草原，唯余哀叹。随性历龙须沟，市井满目，余年之期，望回忆中茶馆，落冤之年，不见旧年胡同。控笔调以诙谐，着重墨以批责。尘世纷乱，动荡不安，多年文绪，毁之“文革”。满腹思愁，犹悲骆驼祥子，荡胸情怀，不念四世同堂。

情，数寸之笔，入木三分。书笔蝉鸣，追忆处北京人，下言蛙噪，终为衬胆剑篇。雷雨中忆财狂，原野上望日出。书苦夏经几载，意郁热复几秋。借笔书情，以言叙生，千词纸上，万里流源。文辞彰显，终不抵更孤苦，信手拈来，以平凡表人生。

鸣呼！文学之现，生于智者，期年已过，故处成墟。文学之美，非常人之可见，文学之韵，非全人之欣慕。鄙敢涉足，谦以淑躬，文曲流云，词言耀虹。请辞奚辞，不负文学之源：

文言翩若惊鸿颜，词句堪比舞游龙，
字语诞琴弦之面，青丝绾梅花几弄，
弈子古书笔砚墨，琉璃碎瓦夕成块，
皎月映泉流古韵，温柔乡里醉蒙眬。

伊人赋[1]

瑰逸令姿，旷世秀群。伊人回眸，一笑倾君。婵娟闭而百花羞，丹锦沉而羽雁落。柳惜菡萏，明镜照倾城之姿，霜凋朱华，泉水透倾国之色。青山相待，碧水相迎。落霞枕微柳之姿，烟光倚云崖之畔。浅酌一杯山河泪，高山流水，歌吟一曲临江仙，雁阵惊寒。九鼎天下，一剑轻安，青灯古佛，黄花落残。池水清冽，珠簪璎珞微缀，暮雪轻寒，青璃素瓦相称。藕花香时，云卷默缄，梅子黄时，雨落倾盆。

秋景微寒，飞阁霜绛，素手执青丝三千，藕臂濯涟漪轻泛。撩湖水于幕落，泛扁舟于西沉。临青衿之佳人，望佩珏之琼浆。罗裳缃绮，襦裙紫霓，素帛如雪，丹纹似梅。独上

1　伊人为初中语文老师，她是作者心目中的女神，该文采用的依然是《滕王阁序》体。

兰舟，望烟雨笼一蓑，寻梅踏雪，待春归去一缕。

擢纱帘，暮色卷，月下引金步摇，寒水怜桃花枝。佩玉鸾玦，陌守红笺一纸，如意对扣，只为绝尘一骑。虹消云间，彩彻雾霁，醉风絮雨杏花酿，清烟淡云栀子摇。彩云追月，君归何年不知，锦鲤戏水，只待十里红妆。

轻舞双剑，漫摇重枝，玉指点秋水微凉，秀足踏御剑成双。孤鸯钏绯，朱唇排箫留韵，对风颜欢，贝齿牙板鸣颜。重霄破，层峦题，对酌饮于江月，独暗伤于溪濛。云烟风淡，美人回眸轻莞，珠帘漫卷，秀子蹙眉浅颦。花钿衬显娇色，铜镜侧映玉颜。丹镂万缕愁门外，烟云浮笠九重霄。兰眸依水，望流云若昔海，素面枕檀，忆潭泓若深秋。怀君心存仰慕，念君何苦不复。

嗟乎！雪容朱唇，墨鬓乌瞳，旧人易忘，音容难逝。弃荣华心不复，非黯柔荑；舍龙笏情犹存，岂缄流裙。所凭君子之言，天荒之誓。千金不换，回眸轻颦浅笑。金步摇铃，透玉暗映美人。濯寒潭而怜清，耀金鳞而惜年，金泉流涌，银溪清越，蒹葭暮映，满鬓华发。天涯流落，相逢不过匆匆，泪折残红，空余几许东风。

君，千里之外，欲待一度。玉臂微扬，眼中清漪微漾，纤指轻点，发上已落霜雪。插宝笄堕马髻，画媚子落梅妆。舍朱漆千杖门，弃灯烛千家耀。甄姬不及，洛神一赋，薛涛不抵，文采华溢。飞燕踏莲，奏筝音于琴箫，玉环醉月，执佩剑以自惜。

呜乎！梅落无常，烟火经凉，思泪千点，纵寻春风。额上花钿，绣帕轻掩遮面，髻绕金环，薄纱微抚拭泪。高山易见，子期难觅，流水易寻，知音难遇。请赐奚辞，皆为君子之言：

绝世倾姿天人羡，清风拂髻衬秀颜，
半默思寻一语出，赞语不止四座惊，
气凌万丈霄云默，容艳千秋温婉言，
豪杰不若倾城色，愿得永不负初缘。

工匠精神赋[1]

兰秋霜韵，薄水清寒。长风秋雁，轻帘未歇。欲挥毫而言谢辞，愿倾露而仰青天。秋水为伴，长天留虚谷之兰；南宫落眄，曳烛掩流光一剪。起舞酌樽，剑指苍穹，泛舟上暗影江水，挽素衫微濯涟漪。举头望婵娟千里，孤云归处；俯身邀明月映池，朝暮无常。冥冥薄幕，相识赴缘；风情千种，美景良辰。长虹贯日，再忆秋水孤鹜；碎花飞尽，映透葳蕤葱茏。云中持节，落日天晴；沦惑不明，雪月共存。

剑试天下，鼎盖九州。八荒灭而六国收，簪花戴而浅眉出。骏驰马上，临盛世而驻足。得天人之同舟，处江湖之敻远。知音结缘，觅得高山；流水未逝，浅斟诗对。桂宫霓

1 杨叔：父母同窗，成功人士。闲暇之余，好手工，赠我手工雕琢木剑一柄，吾至爱，特作文以谢之。

裳，舞断羽衣之曲；紫藤艳逸，剑斩红尘陌事。

彩衣绣，柔荑留。执剑挥洒身处，山水为之静好。流觞曲水，无比梅林丹鹤；山园静立，默许飞驳之音。洪荒上古，响彻云际。碣石匿晨昏之路，鸿雁寄帛书之情。丹青手卷，三世与君交好；岭外音书，意送彭泽之志。

刚柔并蒂，山水同欢，爽水逸天籁之谊，长歌显千秋之名。义存万古，青史同天而盟；鸿章赫誉，提笔安遍天极。乾坤转，殇歌复。凌青云而直上，统极而涉远道。着鞭跨马，飞剑踏破寒潭；仰天长啸，莫会穿林打叶。晴日风雨兼无，奋起日及长安。幽溟落于清寒潭，鸣玦佩于贵玉情。萍水相逢，虽是初时相遇；义结金兰，已是敢与君亲。平步九天之上，紫电青霜之谊。

嗟乎！流光不负，难言谢意；言辞可致，鄙陋疏词。昔李广为飞将，圣君安在；擎苍天惨淡高，岂乏荣光？至于秋霜不逾，青丝绾髻。长簪珠点，花钿衬之长剑；情谊深坚，信上封印留存。凌飞泉而羡御，睹仙剑而思人。忘年虽逾，此情可接；只为一瞬，比照千年。凄神落索，能起报国之心；沂水萧萧，际落无边宽宏。

叹，江湖相望，迹路迢迢，遥见君姿，恍若廊外音容；宠辱有怀，破万里之长风。暂列雄州之路，奉君心于千载。非连城之金重，却无芳可比之。择日登临，念及此事；今兹谢意，难以言说。与君未逢，奉凌云之自昔；子期伯牙，其真因齿之近?

呜呼！盛筵之上，此情难表；谦辞无记，望君未言。赠予此书，表余心意之念；提剑跨马，盼能际遇春秋。鄙敢疏引，但存恭意；未能缓成，望君不弃；请赐奚辞，以昭贵贤之待：

江湖敻远无归处，天人未语落世贤。
薄云惨淡此方际，长江秋水不尽前。
长短竭词为雅句，缱绻落月倾城连。
江山秀逸寻芳士，莫道流连云水间。

忠义文勇成家国

家，众人之所集也；国，疆域之浩荡也。辅国者，家也；家之根本者，国也。因而合家国为一体，乃集隽字而立文功也。此文功者，或而汪洋恣肆，成忠义之家；抑或柔肠百转，成文化之国。有忠义与文化偕尔，此之谓家国也。

自古以来，纵观千年。不乏忠勇之士，靡有溃于军者。有武者马革裹尸，扬鞭疆场；有文者纵横捭阖，平说六国。余读古书，知汉之国祚，由西之初至东之末，多有豪杰。贾谊书秦之过论，屈贬于长沙犹不悔；梁鸿建功业之立，窜匿于海曲而不渝；窦宪刻丰功石上，勒碑文记业以永存。再言南朝，宋之良将；宗悫长风破浪，其后喻以大鹏。自大宋有文天祥，国泰风顺而民安。改其字为宋瑞，以求国祚未衰。臣心磁针一片，屹南面而方休。至明以来，有女将秦良玉，披麾带戈，挥剑纵马，大展巾帼之风，不让须眉之志。又有夏完淳者，南冠而怀敌寇，唯以生而报国，摒鞑虏退中原。余以为此乃良将之风，为忠勇与刚毅之合，唯如此为敢忠义，是为有精神之气，有民族文化之魄也。如是，方可谓之家也。

家国，若仅有家之概，则少国之界矣。家者，既为忠义之家，又属文明之脉，则国者，更应为文化之国也。家可视其为刚也，则家国应刚柔并济，相得益彰，万不可失其一，故国者，固拥文化之根本而现其柔情者也。

访古溯今，华夏万载，固有一世之豪杰，不得出于疆场；却泼墨挥毫于卷，书意气其风发。承春秋而战国，屈子登台而赋《离骚》，平同章辞而悬日月；绘香草美人于文兮，盼楚王惜才而顺听之；濯足于长江之水侧，悲《渔父》始《楚辞》之音。初唐有王杨卢骆，四杰豪放而疏狂。盛世既来，又有太白子美者，或因寄所托而放浪形骸，或体恤民生而书其辛劳。皆为文者隽字，秀文功于佳作。及宋日衰，四起英才之士。辛幼安欲投笔从戎，又枕戈以待旦；醉里挑灯横睨余贼，开弦拔剑斩杀敌军；沙场点兵，揽秋风于怀，冲锋陷阵，枕寒骨于身。陆务观托情于沙场，故忧心忡忡尔；三万里河东流入海，五千仞岳攀上摩天；遗泪胡尘，盼故国之兴复，南望王师，待北定之天时。由此可叹，千载以来，文人多绝。忠国爱家之士不乏其间，较之沙场厮杀而捍国之行，此为柔者。然纵观文人之绩，实为国之盛音，此为国者。文化为流，辅之家者，便作家国。

家国，乃家之忠义精神与国之文化并行之实。勇者厮杀疆场，凯旋而旌旗不倒，此为忠义也，乃家之精髓；文者胸怀天下，壮志而书笔民生，此为文化也，乃国之传承。因故余以为，家国，乃忠义之行，又不乏文化之脉，故自古之文化与将才之忠行，传承于今，此为家国一脉。有此二者并立，方可谓家国也矣！

思而学诗，则不罔矣

孔子曰："学而不思则罔，思而不学则殆。"从前我并未深思过其中的道理，但自从我与诗词相遇，我便渐渐明白了这句话的深意。学习而不思考，则其意无法理解；思考而不学习，则空有纸上谈兵。

我很想用孔子的典故来借喻。"过庭语"的故事中曾记载，孔子在庭院中读书，孔鲤见到孔子，便"趋而过庭"，孔子使其站住，问道："学诗否？"孔鲤曰："尚未学诗。"孔子斥责道："不学诗无以言。"孔鲤退而学诗。他日，孔子又在庭中，孔鲤又"趋而过庭"，孔子问他学礼否，当再次得到否定回答后斥责道："不学礼无以立。"孔鲤退而学礼。在这个典故中，我看到孔子因儿子未学诗而斥责其学不会说话之法，这是孔子在教育儿子学习之重要；孔子又因儿子未学礼而斥责其学不会做人之道，这是孔子在教育儿子思考人生之义的重要。所以，学为做人之本，思为做人之精髓。

现今，在一些社会现象中，也能看出思与学之重。近来一档节目名为《中华好诗词》，其中不乏一些记忆力超群的人，但这些人大多不能在台上展现出良好的文学风采，是因为天赋极好记忆力强的人大多引以为豪，尤其在诗词方面，以为背诵就可以通百家之意，其实不然。背诵是掌握了学的方法，在学习的路上多了一条捷径，但在“思”的路上却少花了许多工夫。背大量诗篇而不理解，实在是荒其学业，学而无用，也就是“学而不思则罔”。

古有赵括纸上谈兵，辩论能力极强，但不研习实战，最终导致全军溃败。而我有一段时间时常思索诗词之精妙，但几日辗转反侧却求而不得。遍寻观点于脑海中却一无所获。现在想来，终于寻得了原因，原来是积累不够，储备量过少，便妄想先思成而不学，想想当时真是可笑，做了思考而未学习的事，怎么可能得出成果？没有学习在先，那么思考也无济于事，只可能求而不得，抱憾长惑。所以思考而不去学习，那么学习也等同于未学，也就是“思而不学则殆”。

学与思合，才成就了学习之益；思与学合，才成就了思考之重。学而不思，是遇难题而解决不了自己的问题，处于迷茫而长惑；思而不学，是遇难题未学先思考，却遍思而不得其答案，又必将处于混沌而长憾。所以先圣言："学而不思则罔，思而不学则殆。"乃是学习之训诫，学应与思同行，才能修益果于一身。

孟子的仁政

舜发畎亩，得以位列五帝；乱世倾颓，傅说举于版筑；鱼盐之贩，中兴胶鬲之辈；狱中士卒，竟出管仲之贤；寻贤至海，孙叔敖隐于滨；冗杂之处，百里奚居于市。天将降大任于是人，必先炼其身，然后修其心，如此道理，出自孟子笔下，当然，也是孟子其人一生的写照。

孟子，名轲，字子舆，为了表示对先贤的尊重，故尊称他一声“孟子”。孟子修习儒教，祖师从于孔子，被后人称为亚圣，与圣哲并列同宗。一代亚圣，智胜苏秦、张仪合纵连横；贤及尧舜、孔子仁政治国。孟子的仁政，就体现在他由内心及主张的“儒”，因此归根结底，孟子可谓是一代儒宗。

孟子的儒，在于其修身的艰难。《离骚》中有这样一句话：“路漫漫其修远兮，吾将上下而求索”；在《生于忧患死于安乐》中，孟子自己也写过："天将降大任于是人也，必先苦其心志，劳其筋骨，饿其体肤，空乏其身，行拂乱其所为，所以动心忍性，曾益其所不能"，这恰恰也能够阐释孟子修身之艰难与其成就之伟大。他曾周游列国，游说齐、晋、宋、薛、滕、梁等地的君主，宣传自己所主张的"王道"治民和"仁政"治国，却因当时诸侯正忙于合纵连横的兼并战争，他的观点不为君主所采纳，于是万般无奈之下，孟子退而著书立说，在一番艰难的学说弘扬之后，他终于在教育事业中得到了一丝慰藉。他的儒，也从中得以体现，又如他常言人生有三乐，"父母俱在，兄弟无故，一乐也；仰不愧于天，俯不怍于人，二乐也；集天下英才而教育之，三乐也"，孟子的仁爱和他主张仁政的思想本就是根属一脉，同气连枝，看来也只有历尽挫折，才能够深明儒教的真义。恰如文人，必须历尽挫折，仕途不顺，生活困苦到极致，才能够写出名垂千古的绝佳文辞，是所谓"文章憎命达"，孟子之于儒学，之于仁政的推崇，当然也是如此。

孟子的儒，当然也在于孟母对他的影响。儿子的成就，首先在于其母对其人格的塑造。中国四大贤母，首位便是孟母，她可谓是从古至今最为贤惠的一位伟大女子。我曾在《三国志》中读到曹操的一段话，他形容自己："既无三徙教，不闻过庭语"，其中"过庭语"是指孔子与儿子孔鲤在庭中的一段对话，而"三徙教"就是孟母三迁的故事。孟子在成长过程中先后搬家至坟地周遭和集市边上，便向住所边上的大人学着如何丧葬，如何叫卖，孟母觉得这样对于孟子的成长不利，便三次搬家直至居于书院旁，因而孟子得以日夜耳濡目染，学习晨醒昏定的规矩和孝悌仁义的礼仪，这对于孟子日后专攻儒术有着重要奠基作用。孟子幼时也如其他孩子一般贪玩逃学，孟母便举起绣剪将机杼上快要织成的布匹一刀切断，使孟子懂得了学习的重要，也懂得了无论做什么事都不能半途而废，否则将一事无成。这两个故事在后人口中逐渐传为美谈，成为了君子品德修养的典范，《三字经》中也有记载，“昔孟母，择邻处，子不学，断机杼”，因而可以断定，孟母对于孟子的教育，对孟子有着终身的影响，将一棵幼苗匡正，逐渐培养为一代儒学大家，一代影响了后世千千万万人的仁政推崇者。

孟子的儒，同样体现在他对君主的建议上。孟子以战争为喻，文辞汪洋恣肆，明白畅达，用五十步笑百步的例子，向梁惠王劝谏，告诉他如何施行仁政，他同样认为仁政为爱民的根本。儒是仁的根基，而仁就是博爱，只有博爱于民，取之于自然，受之于百姓，才会受到百姓的爱戴，这也就是所谓仁政了，如此一番言辞，思维缜密，排比为论，阐释清晰，亦颇有权书衡论之风。又恰如孟子与齐宣王的一段对话，齐宣王问孟子，像自己这样的人，能否修炼仁义，保民而王，而孟子则说道，自己曾看见齐宣王祭祀时，需要宰杀一头老牛来祭祀，而当他看到老牛因恐惧而哆嗦时，便不忍杀这头牛，而是命人改杀一头羊来代替。这使齐宣王懂得了仁，却并没有完全做到仁，难道对于那头被杀的羊就不需要仁了吗？这难道称得上是博爱吗？孟子认为齐宣王在内心遵循了“君子远庖厨”的训诫，却在行为上违背了仁，他杀伐决断，用武力开疆拓土，却没有想到如何用儒学、用仁政来安抚百姓，使他们安定下来，路不拾遗夜不闭户，这样才能称得上是仁，否则就是缘木求鱼，最终自取灭亡。恰如他所说的：“谨庠序之教，申之以孝悌之义，颁白者不负戴于道路矣”，“七十者衣帛食肉，黎民不饥不寒”，这才是博爱，这才是仁政，这才是儒学。

孟子的仁政，当然也与他尊崇孔子有关。孟子曾引了一个故事，大致讲的是一位下棋高手弈秋教两位弟子下棋的故事，其中一位弟子专心致志，研习棋艺，而另外一位弟子则一心想着天上有天鹅要飞过来，自己应该怎样用弹弓把它打下来，久而久之，两人在棋艺上的进步，自然是天壤之别，“业精于勤荒于嬉”。孟子的这个故事让我想起了孔子向师襄学琴的故事，孔子与弈秋的那位专心致志的弟子如此相似，那我便也暂且认为孟子这是在延续孔子对于后人的教化吧。孔子所处的时代，礼崩乐坏，所以孔子想要从音乐入手，从而唤醒君子们的理智，重修礼乐之道。于是孔子拜师襄为师，向他学习琴艺。孔子将一首曲子反复练习了整整一个月，一个月后，师襄对孔子说，你已经很熟练这首曲子了，我可以教你另外一首了，而孔子则说，自己还没有参透，于是便日夜弹奏。直到有一天，孔子对师襄说，我已经参透了作这首曲子的人，他身长九尺，皮肤黝黑，目光深邃，似有王者气概，如此豪杰，非周文王莫属，而这首曲子，恰恰就是《文王操》。如此，可见孔子与孟子所尊崇的道义如此相近，而孟子也是孔子儒家学说的延续，著书立说，警醒着后人，教化着当朝的子民。这是孟子继孔子之后，一次伟大的儒学体现，一种创新的仁政观念。

纵使孟子这样施行仁政的儒学大家，也曾为后人所诟病。我曾读到过一个故事，里面提到一首诗："乞丐何曾有二妻，邻家焉得许多鸡，当时尚有周天子，何事纷纷说魏齐？"前两句是讽刺孟子引用的故事，孟子讲过两个故事，一个故事中提到一个乞丐有一妻一妾，另一个故事提到有一个人每天偷邻居家一只鸡，便有人拿此事抨击孟子。试想，一个穷困的乞丐，哪里来的一妻一妾供他享乐？邻居家又怎么可能有那么多的鸡让你每天偷一只呢？后面两句则是在贬低孟子，说当时的周天子尚在，你又何必游说列国，向梁惠王、齐宣王讨官做呢？但在我看来，这种诟病简直就是无稽之谈。孟子所引用的典故，自然是为了阐述儒学的道理，至于故事是否合情合理，又何必细究？这样岂非本末倒置，轻重不分了？况且孟子周游列国的做法以我鄙见并没有什么不妥，若非孟子尊崇儒学、想要推崇仁政，又怎会周游列国；若非孟子周游列国，又如何历尽世间百态；若非孟子历尽世间百态，又怎样退而著书立说；若非孟子得以著书立说、教化世人，又如何挽救得了当朝的礼崩乐坏，如何正面影响我们千千万万的后人呢？今天我们了解儒学，尊崇孟子当年超脱时代的仁政观念，全靠孟子当年周游列国，向诸侯王引荐仁政吧？

是以在我看来，孟子作为一代亚圣，却也丝毫不亚于先师孔子，他同样对于仁有自己的看法，杀身以成仁，舍生而取义。推崇仁政，正是孟子对于儒的尊崇；延续儒家学说，也正是孟子博爱、大爱之体现。所以于孟子，儒是仁政之根本，仁政是儒之体现。

为政思无邪

子曰："《诗》三百，一言以蔽之，曰思无邪。"在《诗经》中，思不邪者，大多是通过外物所描绘的政治现况，这或许也是孔圣贤这句语录出自《为政》篇的原因。

我曾读过《诗经》中《采薇》一篇，深感其将士在远征途中采山薇以充饥，这是治理国家必不可少的各国争端的结果。将士们在外南征北战，才换得政治清明，朝中太平。"可怜无定河边骨，犹是春闺梦里人。"战争，既可使百姓不得安宁，马蹄所踏之地血流成河；也可为家国带来凯旋的胜歌，使百姓安居乐业，路可不拾遗，夜可不闭户。所谓战争，便是为政的必经之路，却也是为政的利弊两端。

为政，必有其弊也。弊处在于其时有苛政。子曰："苛政猛于虎也。"在孔子所筛选留存的《诗经》中，有一篇名为《硕鼠》："逝将去女，适彼乐郊；乐郊乐郊，谁之永号？"

是借大青鼠偷食农民家中粮食、田中麦稻来痛斥上级官员剥削压迫、强抢强占，欺压乡里，“叫嚣乎东西，隳突乎南北，哗然而骇者，虽鸡狗不得宁焉”。苛政所到之地，于百姓而言，非赋敛即奸盗，是政治不清明之弊端，是毒害中土而应被铲除的痈疽。由朝中某官的乌烟瘴气到四海某地的民不聊生，都是为政时容易忽略的大事，此乃为政之弊也。

而事皆有其两面，有弊便有利。《诗经·鹿鸣》中有句子：“呦呦鹿鸣，食野之苹。我有嘉宾，鼓瑟吹笙”，是描绘了宫宴之乐，这是在太平盛世独有的繁荣景象。其中宴酣之乐，觥筹交错，投壶射箭，弹琴抚瑟，曲水流觞，好一番欢愉景象。盛世太平时宫中之乐，亦可以传至民间，如百姓拜跪宫外感天子圣恩：“九天阊阖开宫殿，万国衣冠拜冕旒”之景；如文人听得河南河北重收国土后“白日放歌须纵酒”“漫卷诗书喜欲狂”。由朝中天子与群臣欢会宴酣到四海百姓安居乐业普天同庆，都是为政之人愿意看到的繁荣景象，此乃为政之利也。

为政者，有疏漏之处，却又能在许多时候顾全天下社稷；为政之果，或有弊端使百姓不得安居，但政治顺利、天下太平却也总是人们生活的幸福图景。为政，弊在马蹄所踏、上官所踏之地；利在天子所护、百姓安居之处。子曰《诗》三百可以一言以蔽，那我便将“为政”以一言蔽之：有弊有利，利弊相辅，亦可谓“思无邪”矣。

我心中的烛之武

春秋时期，群雄逐鹿，正当乱世。郑国城郭外秦、晋两军驻营交攻，战场上狼烟四起，烽火连城，马蹄叠乱，血影刀光……号角声吹起，阵阵悲鸣中，隐隐有一个名字划破天空，他叫烛之武，那是我心中的烛之武。

佚之狐的一句话，将那位圉正从马厩推向朝前。郑伯令下，劝他前去说退秦军。烛之武苦笑，微微勾起的嘴角与紧锁的双眉似乎在怒斥郑伯在他少年时的不曾重用，带着几分戏谑。但为了国家，为了百姓；为了不再战火纷飞，为了不再生灵涂炭，他点头允诺，俯身请命。那一躬，肩负了国内上下百姓的安危，肩负了郑国危于水火之间的转瞬存亡。他，深明大义。

我无法想象那位年过七十、须发皆白、身形佝偻、步履蹒跚的古稀老人如何从高如峭壁的城墙上夜缒而出，但我似乎看到了他划破千年的、足以痛击人心的那坚毅的眼神，无比凛然。他渴望能以一己之力，扶大厦之将倾，挽狂澜之即倒，凭三寸不烂之舌说退秦军，望成败间得以逆天改运，不再苟延残喘。我不知那夜是热是寒，我只知那身缚绳索，被将军缓缓放下的人，不再是当年那个郁郁不得志的翩然少年，他的双眸由当年的灵澈变得如今这般浊暗，却变不了他射穿眸子的刚强与坚毅。

烛之武只身闯入秦营，在大地上留下了深深浅浅的脚印。他的腰背似乎比平时挺拔了些，步子中带着果断，所行之处威然生风。他面对秦伯，处之泰然，没有丝毫惶恐。他为秦伯陈述天下大势，说辞之间有着极大的威力，破解秦晋，纵横捭阖，几句话免去了沙场狼烟四起，几句话免去了郑国敬献城池，几句话使他名垂青史，几句话使我将他刻入心中。

那便是我心中的烛之武，那个“尘满面，鬓如霜”的老人，那个“杖藜扶我过桥东”的忠才，那个烙印在历史长河中的身影。时空冥转，在梦中，我又看到了那个夜缒而出的身影，那步履蹒跚的古稀老人，还有那刚毅忠勇却早已被风霜染尽混浊的双眸……

昔时人已没，今日水犹寒

——忆荆轲

“此地别燕丹，壮士发冲冠，昔时人已没，今日水犹寒。”月光下，雕窗旁，我看着课本，倚着墙，忽地想起了你，荆轲。

那时的你，正当少年，狂傲不羁，意气风发；那时的你，英勇无惧，手提人头，剑指秦王。一梦甚久，我渐入梦中。恍惚间，我看见了你的身影，看见了你纵马飞驰的青衫。你三言两语，使樊於期自刎而亡；你为他装殓，欲奉木匣献秦王。萧萧易水旁，你站在岸边等待，你期望那个人会来，但你非但没有等到他，反而被太子丹怀疑。你愤然拂袖，欲即离去。

你明知这一去，再也不可能回到故土，再也不可能见到太子丹，即使刺杀成功，那些秦王的部属也不会让你活着回燕国。但你毅然地向秦而去，背负着田光和樊於期的死，背负着太子丹与高渐离的期盼。

你行至易水，太子丹与部属皆白衣白冠，那是你临行前，他们为你最后的哀悼。高渐离为你击筑，你看见他的手在颤抖，你听见他的筑音悲愤，你随即高唱："风萧萧兮易水寒，壮士一去兮不复还。"那正是知音之遇，子为我击筑，我为子高歌。

你又怎会不知自己剑术不高无法敌过秦王几百精兵？你又怎会不知此去凶险异常绝无生路？你又怎会不知秦舞阳一个孩童难当重任？你又怎会不知易水之后筑音寒水仍在却今后再无荆轲？可你还是去了咸阳，无比从容，你明知那是去赴死，但你为了报效太子丹、报效国家，你头都未回。你怕你再看到燕丹会留恋故土不愿再去；你怕你看见故国破败内心更加激愤而在大殿上露出破绽。你并非毫无顾忌，但你却着实不畏赴死，亦不畏秦王。

生与死的意义，你可曾考虑过吗？大殿上，你全身血流如注，但你却箕踞而坐，藐视秦王，你倒下了，但你却因倒下而屹立万古；你离去了，但你却因离去而在史册上留下了丹心血名。你虽只是一个普通的刺客，但你走后仍有千千万万的刺客，但那些刺客中却再无荆轲。"燕南壮士吴门豪，筑中置铅鱼隐刀。感君恩重许君命，太山一掷轻鸿毛。"或许在你心中，大义远比生死更重要，死，也要死得光荣。

梦，醒了。我低头看向书本，又见到了那篇课文上悲壮的文字。我默然，恍惚间似乎听到了来自千年前的筑音，如此凄凉。不必抬头便知道，天幕上正缀着一颗最亮的星星，它的名字叫荆轲……

文人纸上留墨香

遥想西晋，一代文豪左思构想整整十年，满屋纸笔，耗尽才情，终成一篇《三都赋》，引得五陵年少争相传抄，霎时间洛阳纸贵；再看中唐，扫眉才子薛涛采撷枝头花叶，点缀宣纸，嵌入信笺，由此发明了花笺，在大唐广为流传，后世人们又称之为“薛涛笺”，用一封笺纸承载着浅浅愁思寄向远方……其实，那传得最久远的，是文人在纸上留下的墨香。

是了，每每文人欣赏了美景，便有了愁思；有了愁思，便会想要写诗；想要写诗，就一定会把墨迹留在纸上，纸，才是文人寄托情思的地方，又或者说，纸是文人心中那一缕情愫的载体。文人在纸上留下了墨痕，墨痕在纸上散发着芬芳。

自东汉蔡侯纸以来，文人对纸，便不再吝啬于自己赞美的言辞。唐代诗人李峤曾写过一首诗：“妙迹蔡侯施，芳名左伯驰，云飞锦绮落，花发缥红披”，写尽他对纸的赞美；“左氏三都贵，张芝径雨珍，谢公如就乞，九万一纤尘”，宋人丁谓的这首诗中全无一个“纸”字，却能够读出其中无尽意味；又有明代毛氏所作的绝句，“家住稽山剡水头，陈玄毛颖忆同游，荣封楮国金符在，尺素修成五凤楼”，仿佛是以纸为线索，将历史的明珠串在了一起，形成了这样一幅五彩的画面。这是文人们在纸上写下的诗，也是在人们心中留下的对纸的歌颂。

细细想来，一代大文豪左思，不仅在诗中被历代人们传唱，更是推动了纸在历史之中的发展，并开创了文学新风。他历尽十年时间，将毕生文学造诣投身于这篇文章，妙语连珠，且不说权书衡论之风与之不可比拟，就连笔势浩荡、智略辐辏的豪壮之言都无法与之一较高下。他在创作时，满屋纸笔，随处可见，想起一个绝佳妙句，便随手抄起身边的一支笔，在纸上恣意挥毫，片刻，又觉不甚满意，便又专注于炼字的工巧。在他完成了这片名动皇都的《三都赋》后，就连大才子陆机看过都惭愧得将自己的手稿尽数烧毁，更使得上到帝王将相、富家公子，下到黎民百姓、穷困书生，都纷纷争相传抄，一时间引得洛阳纸价骤然上升。左思，虽然其貌不扬，但却能够用其才华，撼动整个洛阳城，不仅使得文学在历史的长河中又上升了一个新的高度，更衍生了“陆机辍笔”“洛阳纸贵”的典故，使得今天的我们，仍在传颂这段美谈。左思在纸上留下了墨香，却也在历史上留下了一段华章。

盛唐之后，才子文人并起，妙语佳作丛生，正是在这时，人们对于纸，也有了更加深刻的情感。比如薛涛，在八九岁时便能够随口接出父亲吟的诗句，“枝迎南北鸟，叶送往来风”；在及笄之后，她的容貌可谓是“一顾倾人城”，又因为有着“通音律、善辩慧，工诗赋”的才华，家道中落的她无奈成为一名歌女，但她也仿佛因此而能够写出更多动人的诗句；酒宴之上，她提笔而就一首《谒巫山庙》，诗云：“朝朝夜夜阳台下，为雨为云楚国亡，惆怅庙前多少柳，春来空斗画眉长”，这首诗的英姿，全然不像是出自一位小姑娘之手，但她做到了，因为她是一代才女薛涛。如此才女，竟也和纸有着密不可分的渊源。大诗人王建曾写过一首诗赞美薛涛：“万里桥边女校书，枇杷花里闭门居，扫眉才子知多少，管领春风总不如”，就是这样一位多情女子，发明了一种桃红色的信纸，将诗和信写在这种信纸上，用花瓣作点缀，后人纷纷效仿，也开始扩大这种花笺的使用，并为之命名为“薛涛笺”。在薛涛过世之后，她所发明的信纸有多么受人喜爱并广为流传，薛涛不知道，我也不知道。恐怕在当时，薛涛笺的盛行度，不亚于那一场“洛阳纸贵”吧？是薛涛，将满腹思情全部寄托在了笺纸之上，又用笺纸把人们的思情寄向远方，自此源远流长。

其实不只是薛涛喜欢以信纸为载体，把心中所念寄托其上，自古以来，世世代代的文人墨客、千千万万的羁客游子，都喜欢用这种方式传递自己的愁思。两汉时期盛行的诗题《饮马长城窟行》中也有记载，“客从远方来，遗我双鲤鱼，呼儿烹鲤鱼，中有尺素书”，写尽一个妻子对自己远走的丈夫的无尽思念。到了唐代，诗人张籍也在诗中写过：“洛阳城里见秋风，欲作家书意万重”，极言自己秋日羁旅之思，有家不得归，游子何能安？于是“复恐匆匆说不尽”，唯有“行人临发又开封”。宋朝之后，以晏殊晏几道父子为代表的词人，作品中多“红笺”意象，更以愁思寄远为主题，如晏殊的“欲寄彩笺兼尺素，山长水阔知何处”，又如晏几道的“渐写到别来，此情深处，红笺为无色”，这又哪里是文人笔下简简单单的、仅仅留存在纸上的诗句啊？这分明是划破了历史的长空仍旧能够震撼我们心灵的无比真情啊！他们只是以纸为载体而已，绝不会把真情禁锢在纸上。

我曾立志修身学文，便也效仿古人，用纸来传递自己的情感。我喜欢作诗填词，即使深知自己才疏学浅，却也十分享受这种笔尖划过雪白纸面、在上面留下芳香墨迹的感觉。闲暇时，一支笔、一张纸，便足以让我静坐整整一天，在那纸上肆意地勾画点顿，去探寻书写字字句句的美好。纵使整整一下午过去了，心中仍只是短短的二十个字，我也愿让它们承载着我的思情，落在纸上。秋，总是使人感到悲凉，我也不知是哪里来的文思，落笔，写下自己随意谱的一首短诗："秋风吹客泪，卷入我杯中，饮去一觞酒，化作相思流。"不知为何，在纸上写下一些东西总能使我的情感有处寄托。纵然我在文学上的这些微末道行较古代文人丝毫不及，但不可否认的是，我喜欢在纸上写下自己心中的情愫，留下我那些小小的美好或轻轻的哀愁，而那些才子文人也是这样。

人们总是愿意把情愫留在纸上，让纸作为载体，盛放着他们想说的话、想做的事全部寄向远方。当人们想要推动历史文明的进步，他们便发明了纸，让纸作为一个时代发展进步的信号，一个历史被推动的符号；当人们想要在纸上留下墨迹，让自己笔下的墨香流传到后代千千万万的人手中，他们便把文字写在纸上，让纸成为文学记载中那一笔笔浓墨重彩的传承者；当人们想要寄托自己无处安放的诗情画意，他们便创造了信笺，让纸作为四海之内的交流媒介，成为人们寄托情愫的直接载体……纸，无论是对于历史发展还是文学创作，无论是对于文明流传还是时代推进，都仿佛一位在朝廷中举足轻重的大将军，号令旗一挥下，万马为之奔腾。文人在纸上，留下的又何止是简简单单的文字？他们留下的，那是一个时代发展的标志，是历史与文明没有消磨的见证，是对于羁旅的友人无尽的担忧、对于多年未归的家乡无尽的思念、对于诗和远方无限美好的憧憬和向往，又或是单纯的人和人间情愫的碰撞……

纸，从表面上来看，只是被文人留下了一段墨香，但它却被赋予了无限的意义。它可以承载着多少羁旅之人漂泊无依的思乡之情；它可以怀有多少乐观的诗人对于未来的无限憧憬；它可以蕴存多少阁中女子浸润着芳菲的喜悦或无奈？我们不得而知。但纸，的确在我们的身边，随处可见，虽平凡，却毫不平庸。它的存在，只是在履行它的职责，仅此而已。只不过它的职责，比其他的任何事物，都要多一段墨香罢了。与其说是墨香，更不如说是情愫吧……

浪漫的李白

那一年，一位文人在花间独酌，“举杯邀明月，对影成三人”；那一年，一位仙人在敬亭山上独立，“众鸟高飞尽，孤云独去闲”；那一年，一位狂人在侠客道上仗剑，“银鞍照白马，飒沓如流星”。那声声叹叹，无不率性，字字句句，无不浪漫，他就是酒中谪仙人——李白。

“酒入愁肠，七分化作月光，余下三分呼为剑气，绣口一吐，就是半个盛唐”，这是余光中先生笔下的他。毫无疑问，李白是浪漫的。他的浪漫当然不局限于他是浪漫主义诗人，更不仅仅停留于他的文字，更在于他所喜爱的一切事物。

李白爱酒。“两人对酌山花开，一杯一杯复一杯”，这是李白笔下的句子。一篇《将进酒》，“君不见黄河之水天上来，奔流到海不复回”，何其壮阔！“人生得意须尽欢，莫使金樽空对月”，何其旷达！“陈王昔时宴平乐，斗酒十千恣欢谑”，何其豪迈！李白笔下诗作的豪放，就仿佛是将一壶酒用力抛洒向了空中，琼浆玉液从壶口洒出，泼洒到了青史之上，浓墨重彩，从此李白便再也不能被人忘却。风吹柳花，“吴姬压酒唤客尝”；玉碗剔透，“兰陵美酒郁金香”；泼墨挥毫，“对此可以酣高楼”；酒入愁肠，“举杯消愁愁更愁”……可以说，酒是李白的影子，愁是李白的血液，狂是李白的脊梁，是这一切，造就了这位伟大的浪漫主义诗人。

李白爱月。“峨眉山月半轮秋，影入平羌江水流”，这是李白夜发清溪驶向三峡，思念故人时情感的流露。他喜爱长安的花，也喜欢长安的月。我们可以到今天的古城西安，但却再也不可能回到一千三百多年前的那个盛唐长安。因为当年的那个长安，有花，有月，有李白。盛唐的歌舞升平、长安的花团锦簇我都不得而知，唯有那轮明月，能为古今所有人所欣赏。与其说李白爱月，不如说李白爱的是长安的月，爱的是他的知音望着的那轮明月，爱的是记载于青史之上、从古至今阴晴圆缺的凉月……泛舟湖上，他提笔写道：“南湖秋水夜无烟，耐可乘流直上天，且就洞庭赊月色，将船买酒白云边”；在他眼中，秋风与月总是最好的知己，“秋风清，秋月明，落叶聚还散，寒鸦栖复惊，相思相见知何日，此时此夜难为情”。深秋、相思和湖水，是他相邀明月的媒介，是他施展浪漫才华的用武之地。

当然，李白不仅仅把自己的性格寄托在了事物上，因为他是谪仙人，他当然不会局限于此。李白喜爱的物，无不是率性洒脱的；李白的性格，也充满了浪漫的人格魅力。

李白狂傲。从入仕时起，他就体现出了年少轻狂的一面。弱冠之年，上书李邕，“大鹏一日同风起，扶摇直上九万里”，自比于大鹏，想要出将入相，借用孔子“后生可畏”之言，示威李邕，自己不惧高官，不畏权贵，决不摧眉折腰，甚至能把先贤孔子也不放在眼里，“我本楚狂人，凤歌笑孔丘”。由归隐到入朝，他抛下一双儿女，走出田园，“仰天大笑出门去，我辈岂是蓬蒿人”。此等狂傲，使我想起王维的两句诗，“新丰美酒斗十千，咸阳游侠多少年”，人都说，年少轻狂，而李白他，是一生轻狂。入宫之后，他让力士脱靴，贵妃捧墨，御手调羹；遭贬出仕，他放歌山野，游荡四海，“十步杀一人，千里不留行”。狂傲如此，更有何人能及？狂傲，或许就是李白心中对于浪漫的阐释。

李白柔情。一代诗宗，豪放是必然的，他的柔情当然也内化于其中。他也曾有过一段美好的爱情经历；他也曾深深地爱着他的妻子——大名鼎鼎的文人宗楚客的孙女宗夫人；他也曾下笔写过“入我相思门，知我相思苦”的诗句。《清平调》词中，“云想衣裳花想容，春风拂槛露华浓”，尽显柔情；“一枝红艳露凝香，云雨巫山枉断肠”，尽显温情；“名花倾国两相欢，常得君王带笑看”，尽显深情。人都说诗圣杜甫为现实主义代表，疼爱一双儿女，“遥怜小儿女，未解忆长安”，笔下也常常着墨描写女儿“狼藉画眉阔”的狼狈情形，李白却与此不同。在我看来，李白当然与此不同，不同于他特有的浪漫。“郎骑竹马来，绕床弄青梅，同居长干里，两小无嫌猜”，《长干行》中的这四句，墨迹寥寥，但小儿女的神情仪态，却已活灵活现地展现在了我们面前，这就是李白写诗的巧妙，这就是李白不同于他人的浪漫。

李白的浪漫，外显于其喜爱的事物，内化于其洒脱的性格。对于他人而言，或许“浪漫”二字，只有在这两处才能够展现得淋漓尽致。但李白是从天上贬到人间的谪仙人，自然不是凡人。读他的诗作，可以发现，他的浪漫更在于他对文学做出的贡献。

李白工巧。一代诗宗李白，在诗作的字里行间中流露的都是他炼字的工巧。他的一首《白云歌送刘十六归山》，一改前人写诗时犯的忌讳，尝试在同一首诗中有用词的重复，并将上下两句首尾相连，称之为“顶针”手法。是李白，首次把这种修辞手法运用在了唐诗之中，竟别有一般韵味：“楚山秦山皆白云，白云处处长随君。长随君，君入楚山里，云亦随君渡湘水。湘水上，女萝衣，白云堪卧君早归。”这样说不出的韵味，或许是因为“顶针”手法的衬托，或许是因为一改前人绝句、律诗的古板格式，或许又因为，这是李白写的诗，仅此而已。为何只有李白写的诗能够在千年之后仍旧魅力不减？只因为他是李白，因为李白的浪漫。

李白作词。或许更多的人只知道李白是盛唐诗歌史上第一人，而不知道李白开创了词的先河。一首《菩萨蛮》，不同于唐诗的风采，这就是宋词在唐朝最早的缩影。“平林漠漠烟如织，寒山一带伤心碧”，“伤心”二字，在此处只是作为一个程度词，但李白却渲染了情感色彩于其中，赋予了寒山以自己的情感，这就是诗中从未有过的意境。在古代，五里一短亭，十里一长亭，李白在这首《菩萨蛮》中，将离别之思展现得淋漓尽致：“何处是归程？长亭更短亭。”一问一答之间，尽显愁苦，尽显无奈。情感，造就了文字的诞生；文字，塑造了一代文人的性格；性格，决定了李白天生的浪漫；浪漫，推动了词作在历史上的发展。如此浪漫，只有李白；如此人才，也只有李白。

其实“李白”二字，轻轻地用键盘上的拼音敲击出来，不过就是简简单单的五下，但就这么简单的十二个笔画，敲击了一千三百年来世世代代人们的心，洗涤了千千万万文人的灵魂。读着李白的文字，我多想回到千年前的盛唐，去寻那一段长安的柔和月光；望着柔和的月光，我多想去到千年前的敬亭山上，看一代诗仙风华绝代，寻一曲知音。你是谪仙人，这不是你作为仙人的屈辱，这是你作为凡人的升华，或许在捉月台上你遭的那次劫难，才是对于你这位浪漫的仙人来说真正的贬谪吧。

谪仙人也好，青莲居士也好，翰林供奉也好，李太白也好，再多的代名词，那都是李白而已。力士脱靴也好，贵妃捧墨也好，御手调羹也好，仗剑羁旅也好，再多的狂傲，那更是李白而已。挥毫泼墨也好，汪洋恣肆也好，柔情似水也好，仰天长啸也好，再多的浪漫，那也都是李白而已。

李白啊，你曾写过，“我寄愁心与明月，随君直到夜郎西”。今夜上元刚过，月色正好，那我便也寄了愁心、遣了明月，让风作信使，带我去寻你曾踏过的那段浪漫足迹吧。

现实主义的杜甫

是谁曾在春夜骤醒，静听窗棂外细雨轻润万物，“晓看红湿处，花重锦官城”；是谁曾登临岳阳楼头，看着万顷洞庭水滚滚东流，“吴楚东南坼，乾坤日夜浮”；是谁曾站在武侯祠外，瞻仰着三国时蜀相诸葛孔明，“映阶碧草自春色，隔叶黄鹂空好音”；是谁缓缓踱步于江畔，站在黄师塔前轻抚懒困的微风，“桃花一簇开无主，可爱深红爱浅红”？是杜甫，更是诗圣，一代将现实主义书写得淋漓尽致的诗圣。

杜甫曾经自述过：“为人性僻耽佳句，语不惊人死不休”，他是现实主义诗人的代表，一代诗中圣贤，也是万千文人学子心中崇拜的对象。唐代大诗人张籍就曾十分仰慕杜甫，他希望自己也能够写出杜甫这样“笔落惊风雨，诗成泣鬼神”的句子，于是买来杜甫的诗集，烧成灰，拌着蜂蜜，每天早晚各吃三勺，他总是认为，这样便可以让自己也写出杜甫那般绝佳的诗作了。自然，张籍在后来，无论是在诗词上的造诣还是在朝廷上的名声，都不容后人小觑，但至于他的这些成就与吃杜甫的诗有没有联系，我不得而知，以我鄙见，恐怕是没有吧。当然，一位名垂青史的诗圣，怎么可能仅凭几位才子的仰慕便如此受人追捧？这一切还应归功于杜甫自身的文学造诣。

杜甫好写景。在春光融融的美景之中，忽而起兴，偶成佳句，“江碧鸟逾白，山青花欲燃”；在岐王宅里，崔九堂前，感受江南烟雨的朦胧之美，“正是江南好风景，落花时节又逢君”；站在曲江之上，长叹一句“人生七十古来稀”，却不忘在叹惋之余欣赏蜂蝶飞舞的美景，“穿花蛱蝶深深见，点水蜻蜓款款飞”；在稀客登临之时，扫径迎客，轻启蓬门，“舍南舍北皆春水，但见群鸥日日来，花径不曾缘客扫，蓬门今始为君开”……乍看杜甫写景，笔下已是字字珠玑，更有绝佳的妙句丛生，再细细看来，他笔下的美景又无不饱含深情。在杜甫笔下，景物已是百态万般，或而春风和煦，或而木叶凋零，或而葳蕤葱茏，或而寒鸦未栖；而他笔下流露出的深情也能从他的景物中读出，或而相思入骨，或而欣喜欲狂，或而凌云壮志，或而凄凉哀婉。字字句句，写尽人间之景，书尽内心之情。情景交融，正是从诗笺之上，我们所能够读出的杜甫的现实主义。

杜甫善写实。杜甫的现实主义，当然不仅停留于文字上，也并非因为他喜欢写这样的文字，才成为现实主义诗人的。写尽生活的酸甜苦辣，写遍世间的悲欢离合，正是因为他仕途不顺的经历。且不说他晚年如何颠沛流离、孤苦无依，就连他正当壮年、意气风发时，也历尽了百般挫折。天宝六载，唐玄宗召天下有一技之长的贤才入朝为官，而杜甫也是前往征召的一员。但无奈李林甫向唐玄宗进谗言，说天下但凡有点才学的人都已经在朝廷里为陛下效劳了，已经是“野无遗贤”，这句奉承将唐玄宗说得很是高兴，但皇帝一高兴，后果就是包括杜甫在内的几百号人无一高中。杜甫一生的坎坷波折自此可见一斑，仕途不顺，反而造就了他写实的才能，他随即下笔一首：“纨绔不饿死，儒冠多误身，丈人试静听，贱子请具陈，甫昔少年日，早充观国宾，读书破万卷，下笔如有神”，自此，便走上了现实主义的写实道路，一发而不可收。

杜甫爱写史。杜甫作为现实主义诗派代表，当然也和其他文人一样，喜欢写咏史诗。写到自己举目无亲、被贬左迁的悲惨遭遇，他借王昭君去国和亲、远嫁大漠的典故，来比拟自己漂泊无依的无奈。是啊，“一去紫台连朔漠，独留青冢向黄昏”，和亲的道路上悲悲切切，凄凄惨惨，唯有昭君孤单一人，孑然一身，茕茕伶俜，落寞不堪。可杜甫又因此联想到自己，又如何不是无家可归、举目无亲？所以万般无奈之下，唯有借咏史，来抒发自己无家之痛，于是写下那句绝唱，“千载琵琶作胡语，分明怨恨曲中论”。他又在花近高楼之处，在万方多难之时，登楼而观，看那“锦江春色来天地，玉垒浮云变古今”；回想大唐盛世江山何其稳固，远在西山的寇盗当然莫能相侵，可惜当下唐玄宗如同当年的蜀后主刘禅一样，昏庸无道，荒淫无度，惹得黎民百姓苦不堪言，于是借咏史来暗讽当下：“可怜后主还祠庙，日暮聊为梁甫吟。”由此可见，杜甫是心系苍生的，他也是心有国家的，只不过心有余而力不足罢了。单凭一己之力，他自然无法“扶大厦之将倾，挽狂澜之既倒”，只有以笔为戈，在宣纸之上，用他特有的现实主义的巧妙手法，刻下这一段段“诗史”。

杜甫喜欢写文人。杜甫是值得我们去仰慕的一位才子，诗中圣人，而我们没有想到的是，这样的一位才子，竟也有他所仰慕的人。杜甫仰慕诸葛亮，在他的笔下，多见诸葛亮的身影。他笔势浩荡，写下“三顾频烦天下计，两朝开济老臣心”的诗句，来赞颂诸葛亮的丰功伟绩，他“功盖三分国，名成八阵图，江流石不转，遗恨失吞吴”；他逆天改运于北伐，保蜀汉国祚不衰，撑过二十余年，“伯仲之间见伊吕，指挥若定失萧曹”，没有过多言语去描述这一切，但却体现出了自己无限的敬仰。最后诗风一转，又不得不变得沉郁顿挫，“出师未捷身先死，长使英雄泪满襟”，敬意之情丝毫不减，空余长长的哀叹。除此之外，杜甫还仰慕着诗仙李白。他曾写过《春日忆李白》，以慰藉他对李白的仰慕之思，“白也诗无敌，飘然思不群，清新庾开府，俊逸鲍参军”，他以庾信的清新与鲍照的俊逸来形容李白，写尽对李白的敬仰与怀念，正如那句“渭北春天树，江东日暮云”，杜甫将笔下的仙人描述得恣情洒脱。杜甫的现实主义中，少有他洒脱的一面，唯有在描写自己仰慕的文人时，才会偶尔率性一回。

然而，杜甫的才华，当然不只在文字上有所体现，还有他心中牵挂的种种情思。

杜甫思乡。登高远望，他写下“无边落木萧萧下，不尽长江滚滚来”；流离失所，他写下“烽火连三月，家书抵万金”；多愁老病，他写下“飘飘何所似，天地一沙鸥”；举目无亲，他写下“ 宿鸟恋本枝，安辞且穷栖”。杜甫的笔下，不仅写了自己的艰难苦恨，更是心忧百姓，心忧苍生。写尽自己，与写遍众生，本就不同，但却同样体现出了杜甫伟大的现实主义，用一支笔，为天下苍生平反高呼。

杜甫思百姓。三吏三别，他不仅写尽自己的穷困潦倒，更将黎民百姓的困苦多难书写得淋漓尽致。“车辚辚，马萧萧，行人弓箭各在腰”，写尽征兵时社会的动荡，百姓的苦不堪言，加上苛税繁杂，人们甚至易子而食，甚至还有一户中，壮年男子已尽数应召征兵，抱着未满月的孩子的年轻妇人，因没有完好的裙子，而不敢出门见人。即使这样，家中年逾七十的老婆婆还要被押赴前线，为军中将士们做饭。“一男附书至，二男新战死”，没有一家不是妻离子散，杜甫见此倍感心痛，因此为天下苍生写下了无数千古名句，现实主义手法由此可见一斑。

杜甫思儿女。杜甫非常疼爱自己的一双儿女，小儿女的一颦一笑，种种情态他都记载在了书中。在北征之时，杜甫与自己的妻子儿女朝夕相处，描绘出女儿的可爱娇态，“学母无不为，晓妆随手抹，移时施朱铅，狼藉画眉阔”，写女儿学着妻子的样子胡乱给自己描眉化妆，结果弄得眉毛粗犷，一片狼藉。漂泊在外，杜甫想到自己闺中的女儿，“遥怜小儿女，未解忆长安”，仿佛在梦中都能看到她的样子，“香雾云鬟湿，清辉玉臂寒”，倍感思念，无处安放，又无处寄托。听闻官军收复了河南河北之后，“白日放歌须纵酒”“漫卷诗书喜欲狂”，在这首杜甫人生第一大快诗中，刚刚经历了大悲大喜的杜甫，却不忘描写一笔妻子儿女的情态，喜形于色，放纵开怀。在描写自己小儿女可爱的情态时，没有过多华丽的言辞，而是用朴实的字句来代表自己真情的流露，恐怕这就是杜甫的现实主义之体现吧。

杜甫思国家。杜甫在《佳人》一诗中，借一位倾国倾城的美人的口吻来自述身世悲惨，来体现战争的残酷、家国的破碎。“自云良家子，零落依草木，关中昔丧乱，兄弟遭杀戮”，来体现国家的危难，战乱的无情。他在诗中写道：“王杨卢骆当时体，轻薄为文哂未休，尔曹身与名俱灭，不废江河万古流”，借用初唐四杰“王杨卢骆”的才名，来写后世文人才子的愈渐不济，恐怕也是在另一层面上暗讽了家国的愈渐破碎吧？杜甫只是个文臣，他不能够像辛弃疾、文天祥那样拍刀催马，更不能像卫青、李广那样马革裹尸，他只能够让宣纸成为他的战场，用一支笔，将一段段家国情怀全部刻在纸上，铭记于心。虽是怅恨而不知发，但他却能够在三吏三别中写尽社会的动荡不安，写尽百姓的流离失所，写尽国家的支离破碎。他虽不能在那时用自己微不足道的力量去挽救天下苍生，却能够用他凸显现实主义的倔强来打动后世千千万万的人们。不能亲赴战场又如何，文天祥如此英豪，不也只能含冤而死？辛弃疾如此壮志，不也只能含着泪怅望神州、把栏杆拍遍？卫青、李广如此长胜，不也常常为后人所诟病，“卫青不败由天幸，李广无功缘数奇”？只有杜甫的现实主义，为人们所认同，为人们所敬仰。

人才如杜甫，写景，写实，写史，写人，无不惊天地；圣贤如杜甫，思故乡，思百姓，思儿女，思家国，无不泣鬼神。他在现实主义之中，借物喻喜乐之意，以景衬哀切之情。即使他是现实主义派的诗人，他也决不因此而被禁锢，他压抑了自己洒脱的性格，但我知道，代名词对他而言不过是个代号。“杜子美”只是杜甫的字，“少陵野老”只是他的自嘲，“诗圣”只是后人给予他的评价，仅此而已。而他就只是他，只是那个一心只写现实主义的、朴实无华的杜甫罢了……

挑灯看尽平生事

窗外，月色如洗。

我放下书卷，细细回味着适才读到的那句“想当年、金戈铁马，气吞万里如虎”，我不禁慨叹辛弃疾壮志未酬的平生。我看向窗外，仰望那轮明月，透着层层雾霭，我仿佛在明朗的光影间看到了他的身影。

秋霜满鬓，夹杂在萧瑟西风中零散飘荡，随风飘荡的，还有他空洞的眼神中弥漫的思绪。他斜倚着江楼，面向南方，堂堂八尺男儿，空有一身报国之力，此时却只得怅饮千壶。

醉了又醒，醒了又醉，他忽地拔剑出鞘，靠近了幽暗的烛光端详着。他用充满戏谑与无奈的眼神看着那把剑，心中却哀叹“廉颇老矣”；剑在他手上微微地颤抖着，反射出道道烛火的光亮，刺得他眼睛生疼。恍惚之间，他酒意发作，已入半梦，他手中的那把剑上的寒光穿云拨雾，刺破了多年前的天空，引领我看着那片属于大宋的沙场。

多年之前，他正当少年时。

夜晚，篝火宴上觥筹交错，他犒劳随军打仗艰苦奋战了几年的战士们，他亲自分切着牛肉，逐个向战士们的杯中斟酒。他要振奋军队的士气，只为了即将到来的殊死一战。

夜深后，战士们都已就寝，只有他还在为即将到来的战争黯然神伤。他隐约听见胡人的丝竹被弹奏得凄怆哀婉，尽是塞外之音，听来不免有些惆怅。

忽然阵阵号角声涌入军营，惊醒了帐中的将士们。他冲向营门，派人打击铜锣，自己从墙上扯下战袍，披在身上，顺手取下金弓和箭筒，直奔点兵台上，面对着排列整齐的将士们大喊一声：“我们都是大宋的子民，我们要誓死保卫大宋！若不能收复失地，决不活着回朝！”

将士们整齐地以矛顿地，大喊着“不扫蛮贼，誓不罢休”的军号。随着战鼓的擂响，他翻身上马，似当年的卢纵跃檀溪一般奔腾而出。霎时间，一袭战甲光耀凛凛，在月影照射下似乎有万道寒光直射眸子，同时使敌人心惊的，还有他身下的那一骑雪白的惊鸿。

他对准敌军大旗旗杆正中，俯身瞄准，挽弓搭箭，被拉成满月的弓弦紧绷，刹那间飞射出去，似惊雷霹雳一般摄人心魄，直中旗杆中央，穿透而出，那杆旌旗也应声而倒。敌军大将噤若寒蝉，宋军士气大振，喊杀震天，一举将敌军逐回了蛮荒。

只可惜，这次凯旋，却使得大宋皇帝对他的战无不胜产生了疑心和畏惧，不敢再重用他，而他也只有眼睁睁看着大宋失去国土，虽有满腔热血、满眼悲愤，却无地可发，更是无可挽回。悠悠江水过，留给他的，只有壮志未酬的愤恨，还有那黑暗的、无尽的远方……

思绪被我拉回了现实，我不禁替辛公感到悲愤与不值，他的一生没有留下任何君王的赞许和身前的功名，但他的名字却永远刻在了青史上。纵然成名如此，也抹不去他一生的遗憾。他立志的是拍刀催马、马革裹尸，但却可惜在君王眼中可有可无、无足轻重，于是他只能把阑干拍遍，喝尽世间烈酒，来慰平他愤懑的灵魂。

梦中，我又一次回到了那个秋风满楼的地方，长剑摔落在地上，酒杯和桌案碎成狼藉。那个满鬓斑白的老人，依旧那样伫立在江楼上，倚着阑干，流着浊泪，用他那空洞的眼神，悲愤地眺望着南方：

马作的卢驰沙场，威风满目血戟长。
挑灯看尽平生事，可怜白发倚秋梁。
阑干远眺东南地，谁堪报国负忠良？
愿得辛公身后义，不教夷骑入汉家。

我心中的毛泽东

沁园春·毛泽东

傲影独去，步踏江川，头顶穹隆。望天地宇宙，唯其捭阖，众生万物，任其驱从。洪涛骤起，白浪排空，纵横弹指御苍穹。忆往事，阅历朝旧典，无敢相较。

太白空举铜盅，三变却唯咏落花红。仅润之豪杰，气宇天地，势握九鼎，毅盖群雄。自若峭然，犹似傲雪，压败霜里劲寒松。纵长啸，揽文韬武略，伟绩丰功。

毛泽东，一个足以划破历史长空的名字。那个名字承载了中华现代史的文明，承载了古典文化的延续，承载了无数的文韬武略与丰功伟绩。那是时隔千年的封建改为新中国的新源，那是时隔历代的诗词文化今人重塑的圣宗，足以令后世所有人去敬仰。

那一年，“恰同学少年，风华正茂，书生意气，挥斥方遒”；那一年，“战地黄花分外香”；那一年，“萧瑟秋风今又是，换了人间”。毛主席的诗词造诣可谓极深。《沁园春》开篇一个“独”字没有半分秋风的萧索，只有王者独占鳌头俯瞰众生的豪情气概，可见其文字功底之深。主席偏爱李贺的诗、辛弃疾的词。诗鬼之诗瑰丽奇崛，回味隽永，在他存世的二百四十三首诗作中，主席加以点评或引用的总共有八十首，可见主席对李贺诗作之喜爱，和对诗作的了解之深。主席极爱李贺的一句“衰兰送客咸阳道，天若有情天亦老”，主席原句更加精妙，“人间正道是沧桑”。主席爱辛弃疾，因为辛弃疾是真正上过战场、以马革裹尸为志的一位战士，主席在他的词中读到了热血，英雄相知，当以诗词为证。

那一年，毛泽东傲立洲头，看天地万物俯仰生姿，看众生寰宇百年为一瞬，春生而夏长，秋收而冬藏。“魏武挥鞭，东临碣石有遗篇”是主席在字句间难以隐藏的豪迈。那年，孟德在船上设索连舟，顺流东下，“酾酒临江，横槊赋诗”，乃一世之雄。苏轼之友仅狭叹：“寄蜉蝣于天地，渺沧海之一粟，哀吾生之须臾，羡长江之无穷”，是少了些许豁达，少了几分旷然。而主席不同，他写道：“一片汪洋都不见”“往事越千年”。千年前那统领千军的曹孟德已经不在了，但如今临江赋诗、纵横捭阖、控掣苍穹的人，非主席莫属。他又言，“惜秦皇汉武，略输文采，唐宗宋祖，稍逊风骚”。果然，主席的词验证了他的豪情壮志，文韬武略俱全，毅气魄力两存。他不仅是文字之王，更是豪情之王，也是一位万古仅有的远志之王。

那一年，“红军不怕远征难，万水千山只等闲”；那一年，“敌军围困千万重，我自岿然不动”。主席一生有许多丰功伟绩，青史留名。他领导了中国共产党，开创了一种思想，也开创了一个新中国。主席中年得志，八年抗战，出生入死，却毫发未损，大获全胜。枪弹落在主席院中，尚不敢也不能损他一丝一毫。主席率三军逶迤五岭，磅礴疆土，岷山寒雪，映透三军笑颜。他参加了许多战役，但从未见过他畏缩，他愈见激流，愈奋前行。“卫青不败由天幸，李广无功缘数奇”，而主席与其二者相比，则要多更多战魂，更像一位真正的战士，是位常胜将军。他泼墨挥毫，似当年秦观书写意气，“对客挥毫秦少游”。主席下笔一首《采桑子》，“岁岁重阳，今又重阳，战地黄花分外香”。主席一生战绩辉煌，就连仙逝后的铜像，也不允许任何人绳缚其颈，践其尊严，傲视天下，俯仰众生。可见其不仅是豪情之王，也是“千古之帝，现代之王”。

如此一位良才，豪杰壮志，挥毫泼墨又纵马扬鞭；留存文字造诣又青史赫赫战功。试想一位战士得胜归来

“称王天下”，俯视众生，仰望苍穹，纸上狂草写下一段文字，那文字是豪杰钦慕的一段青史，那文字是主席用文学造诣、壮志激怀与丰功伟绩书写下的一个全新的、永恒的中华。

婵娟千里，共话三国

“大江东去，浪淘尽，千古风流人物。故垒西边，人道是，三国周郎赤壁……”苏东坡此诗可谓大气磅礴，可此赤壁非彼三国赤壁，文中曰：人道是，东坡立于湖北黄州赤壁之上，看那万里长江滚滚东流水时，无法不联想到三国之时那波澜壮阔、万丈豪情的历史。

中秋佳日，我手捧一本《三国演义》，望那一轮明月，似乎书中一切皆映入月，一幕幕过往，转眼化作云烟。当年赤壁一战，公瑾羽扇纶巾之日，乃秋末冬初之时；孟德对酒当歌，注酒长江，吟下“周公吐哺，天下归心”之时，也望着如此一轮婵娟。刘关张桃园结义之时，天下动荡不安，哪日汉朝不保，谁人独占鳌头？

“仿佛兮若轻云之蔽月，飘飖兮若流风之回雪”，如此乱世，豪杰并起，群雄逐鹿。只见大汉狼烟四起，战火纷飞，四处尽是战马嘶鸣。江山任人宰割，群雄“各立门户”，如此局势，必有忠义之士散于各处。

护国之士中我唯钦佩两人，一为智绝，二为义绝。智绝便为卧龙诸葛，与玄德草庐共话天下三分之计，隆中对策，或为千古佳话。先帝逝世，他忆先帝三顾之恩，不顾蜀汉国祚之衰，中流砥柱，力挽狂澜，逆天改运于北伐，披发仗剑，踏罡步斗之时，无奈魏延飞步赶至，踏灭主灯，他只得弃剑长叹，死生有命，不可得而禳也。孔明忠义一生，鞠躬尽瘁死而后已，玄德待其恩重十七年，自己独揽大权十一载。他谋算了一生，仍是算不过天命。义绝姓关名羽字云长，血染麦城化作忠魂，不负蜀汉亦不负此身，横刀仰天而问，无奈只得来世再续桃园春。荆州秋叶飘一程，昨夜一本春秋，今朝五关破城，单骑而追之。可谓“五虎第一人，沙场定乾坤”。辕门之战，温酒斩华雄，继而斩颜良诛文丑，忠勇一生，更不谓刮骨疗毒。赤面赤心赤胆赤兔千里，青巾青灯青史青龙偃月。

单刀赴会，二嫂过关，三请诸葛，四面楚歌，五马破曹，六出祁山，七擒孟获，八卦阵图，九伐中原，十面埋伏。如此之事，皆保不住半壁江山。

或因悲愤，民间早已“拥刘反曹”，我并不同意这种观点。我甚喜“奸绝”孟德不论成败，皆作笑怀，自古云“曹孟德知错改错不认错”。孙权文有张昭武有周瑜，江山皆为父兄留下，不可称之为英雄；刘备文有诸葛，武有五虎，江山皆为哭来借来，亦不可谓其英雄。唯有曹阿瞒，不顾世人谩骂之口，亦作战于此，终打出一方天地。割须弃袍，败走华容他都不在乎，毕竟“宁我负人，休人负我”。天下那些燕雀怎能明白我的鸿鹄之志？只有前哭典韦，后哭郭嘉，何时见过他哭错？又何人见过他哭败？

此时，我不禁又想起了明代才子杨慎笔下的《临江仙》：滚滚长江东逝水，浪花淘尽英雄；古今多少事，都付笑谈中。如此月明之夜，我想至此，心中激昂，睡意全无，便又拿起那本《三国演义》，再次走入了这箭在弦上、鼎立天下的局面。

小亦可为

“小”，往往更能体现人心所想，更能体现出人心中的情感。比如，一首小诗，一辞小令，寥寥数语，却能够描绘出绝美之境，凄绝之情。如此看来，小，何尝不可为？

唐时，有一位放浪形骸的文人，他文曰：“假令风歇时下来，犹能簸却沧溟水。”李白两句诗将他少年时心怀的志向书写下来，不畏权贵。“宣父犹能畏后生，丈夫未可轻年少”，纵然没有《将进酒》为他扬名，他依旧可以凭借这一首小诗成为世人眼中在天地日月间与万古同存的“谪仙”。大唐可谓是诗的朝代，“行到水穷处，坐看云起时”是禅意；“曾经沧海难为水，除却巫山不是云”是情贞；“黄沙百战穿金甲，不破楼兰终不还”是信念；“会当凌绝顶，一览众山小”是目标；“欲为圣明除弊事，肯将衰朽惜残年”是忠心。纵使小诗，亦可为之。

宋时，小词方显情愁。“千古兴亡多少事？悠悠，不尽长江滚滚流”是辛幼安将阑干拍遍之时的叹惋，“江晚正愁余，山深闻鹧鸪”看似是描绘了一幅将暮景致，实则是对国贼的痛斥。文宋瑞效忠朝廷，“臣心一片磁针石，不指南方不肯休”，伶仃洋畔，望断伶仃，“人生自古谁无死，留取丹心照汗青”。不只武官，文人亦可以小句立志。陆务观一生“南望王师”，三万里河东流入海，五千仞岳攀上摩天，风雨之夜，铁马冰河涌入梦来。“竹杖芒鞋轻胜马，谁怕？一蓑烟雨任平生”，苏子瞻能够摒弃“穿林打叶声”，不妨吟啸，归来之时，“也无风雨也无晴”。小词，何尝不可立志？何尝不为大事？

元时，歌吟一曲《天净沙》，眼前便能够浮现一幅天涯游子悲秋之图，提到“秋思”二字，心中也不由得与马致远一同酸楚，羁旅之情伴随着深秋微凉之风袭来，无法释怀。一曲《山坡羊》，张养浩可谓书写了大气磅礴，将国仇家恨刻入骨血，不敢忘却。在《咸阳怀古》中，他将城池间的破败、狼烟四起之景刻画得淋漓尽致，让人不禁感叹：“英雄安在？”小曲，更能够抒发文人心境。

明时，诗词不再如过去那般风靡，却也填充着文人的生活。“蔷薇开尽绿荫凉，西国名花此际芳。”一首孙齐之的《虞美人》，满是对战乱的叹惋。“滚滚长江东逝水，浪花淘尽英雄”是才子杨慎的胸怀：“古今多少事，都付笑谈中”，一樽清酒，可解千愁。于廷益以石灰自比，经历时代变迁，历尽烈火焚烧，犹若等闲，只道："粉身碎骨浑不怕，要留清白在人间"，为官廉洁，"清风两袖朝天去，免得闾阎话短长"小句，才能够刻画文人才情。

小诗并非人人可写，须将心中千万缕情愁融入一笔，方可一出惊人，而从小诗中亦可看出人生。从古至今，无数人想要建功立业，想要做成大事，千古留名，其中不少人一失足而遭千古骂名。因为他们忘了一个"小"，以"大"为尊，殊不知"拘小节，明大义"，须得先"小"，方才可得"大气"。小诗凸显大气，何为不可？小事体现大节，何不可为？是以愚以为，小，亦可为！

感悟——慢

“从前的日色变得慢，车、马、邮件都慢，一生只够爱一个人”，那是画家木心的诗。而现在，霓虹灯的闪烁下，人们匆匆过往，忘却了那最为动人的景致，正处于灯火阑珊之中，无人倾诉，忘却了最令人值得感悟的——慢。

阳春三月，细柳垂丝，白墙黛瓦，朝暮氤氲。嬉闹的微风牵着柳芽飘入湖中，荡起层层涟漪。水中鱼儿似乎正欣赏湖岸的风景，看那翩跹的蛱蝶飞舞于丛花。一时间，美景良辰，“穿花蛱蝶深深见，点水蜻蜓款款飞”。但不知为何，似乎那和煦的春风拂过面颊并没有带来丝毫慵懒的困意，反而令人们在叹怨声中更加快了脚步，纵然飞花落在脸上也是无情打落。值此春光，难道不应当慢下脚步来流连于那正弥漫着生机的人间吗？慢，在感悟中被倏然发现。

烟村六月，溪水涓流，梢头娉袅，锦上添绣。一袭烟雨朦胧间，朝暮笼上一层冥冥雾霭，匿了晨昏。雾气悄然弥漫，又是缓缓飘散，竟是无人察觉。子规啼血，才子佳人终断了情思，原本只应沉浸在梦境的流光，此时却无端被人们遗落在了匆匆人间。如此碌碌行迹，虽是乞巧初七再难见飞驳，纵尔骤寒而温存，亦不复雁字南归。青天孤寂，白云落索，只因无人欣赏姿容。若是步履过于匆忙，又怎能感悟得到慢的美好？

迟暮九月，菊残遍地，婵娟正好，清朗宁谧。那日月朗星稀，百花霎时杀败，仿佛天地间只剩下丝缕清幽，那夜，“冲天香阵透长安，满城尽带黄金甲”。次日的朝霞向人间泼洒着片片金黄，枫叶翩然飘落。丛林中，依稀有将军的影子携着金戈疾驰。疾风卷起无数叶片恍若扬尘，马蹄踏过的寒水千潭，飞溅起点点珠花，战马飞踏的踪迹已经不见，而被人忘却在林中的，是已经飘零了千百年的秋枫。秋枫尚且缓缓，而为人，又有何事得以浮掠匆匆？若是忽略了慢，还有什么是更值得去感悟的呢？

霜寒腊月，雪映红梅，斟酒一樽，浅酌清逸。炭火烧得殷红，温暖的火光不似烈焰那般骤起骤落，而是微微摇曳，恰似那清风夜里的一剪烛光。飞雪沉淀了多少被他人漠视的孤寂和清冷飘扬而下，冰封了天地，却是依旧换不来人们逐渐放慢的行迹。紫檀炉中，静舞香屑，光阴转瞬恰好停留在了那一刻，景致一抹，却仍是吸引不来路人的半分青眼，哪怕只是无情的睥睨也应当留给严冬一丝尚存的关注吧？若非过往匆忙，怎会没有驻足的时间，慢下来在这晚冬的景致之间小酌一杯呢？慢，只有真正慢下来，才能够感悟到。

感悟了从前的慢，绝美的风光便永远停留在了时光的缓缓；无法慢下来的脚步的背后，是一颗无法沉静下来的心。若是不放慢脚步，走马驻足，又怎会看到那常存却又难见的景致。心中的情愫缱绻，留下的是永远最为纯真的美好和感悟——只有慢。

闰土进城

“逝将去女，适彼乐郊，乐郊乐郊，谁之永号?”冥冥之中，阵阵轻柔的歌声，唱着《硕鼠》中的句子，划破浓雾，穿越了百年而来。我仿佛看到了那年的“苛政猛于虎”，听到了正受着苦难折磨的哭号，“哭声直上干云霄”。在这些人中，我看到了一个孤独的身影，沉默着，向我走来，混浊的双眸中透射着岁月的艰辛。我常常为之心痛遗憾，我也不止一次地设想，如若他能够早些进城去生活，日子是否也不会如此艰难。

他是闰土，是在岁月与生活的双重折磨之下再也直不起腰的一位半老者，是神情麻木、惨遭剥削压迫之苦的一位农民。那一年的绍兴，还有着片片大如海的碧绿的瓜田，无边无垠。月光下，一个戴着银项圈的孩子手持一柄胡叉，向瓜田中的一只猹扎去。这幅美好的画面早已成了经典，印在我们的语文书上，也印在我的心中，实在使我难以忘怀。

但这一切都只是短暂的。当我在字里行间读到中年闰土的变化，我不禁一怔，这又怎是当年那个无忧无虑的翩然少年？他又为何竟会与其他农民别无二般？岁月不只使他变得外貌苍老，更改变了当年那个少年的心。他变得寡言少语，一句“老爷”，使得他与少时玩伴之间平添了一堵无形的厚障壁。我再一次感慨，如果他能够早些进城去，或许也不会这么快进入衰颓的年岁。

我多么期待闰土能够早些进城去，即使人都说身在田园可以修身养性，陶冶情操，我也不会因我的想法而感到有什么不对。因为闰土并非如人们所说的这样。闰土身处的不是田园，而是农村。身在田园可以耕作时“抱膝拥炉而歌”，可以有闲暇去听那“狗吠深巷中，鸡鸣桑树颠”，而身在农村则不能，稍有懈怠，就是赔上了全家的性命。他只可以“晨兴理荒秽，带月荷锄归”，却做不到“悠然见南山”；他每日“昼夜勤作息，伶俜萦苦辛”却实在没有时间“偷得浮生半日闲”。假如光阴倒转，使这般暗无天日的、混沌的日子突然消失，给闰土一次进城的机会，那么闰土是否也会如鲁迅先生一般，不必如此辛苦了呢？

思索良久，终于寻得了答案。在我看来，答案必然是否定的。那一年，当年幼的迅哥儿回到故乡时，对故乡的一切都感到新鲜有趣，这时能有一位年龄相仿的玩伴陪着迅哥儿一同玩耍，带他看他在城中那个被礼教所束缚的家里从未见过的东西，带他做他因被父亲强迫背《鉴略》而从未做过的事情。但如果，两人的相遇是在城中呢？恐怕第一次闰土讲起这些趣事时迅哥儿还是极感兴趣的，但再有第二次、第三次呢？迅哥儿是否也会如同听了百遍长妈妈唠叨过年时的规矩那样感到厌烦呢？故事听多了，便不再有趣，不能够亲身体验的事物，恐怕也不会在三十余年后仍旧使人难以忘怀了。

我的脑海中突然浮现了这样一幅画面：闰土为迅哥儿讲述着那年自己在雪地里捕鸟，在瓜田中用那柄胡叉插猹，在海边捡拾五颜六色的贝壳；迅哥儿在听过无数次闰土的回忆之后聊感索然无味，开始为闰土讲述海上坐船的感觉，坐火车的便捷，厚实的棉衣的温暖……往往是闰土听得神往，但在这样的对话中，不免暗生阶层的差别。这就好比是拿迷途的老马来比较飞驰的火车，又或是拿穿了多年的缊袍敝衣来比较金线银缕的大氅。难道如此天差地别，不会在少年闰土那小小的心中刻下难以磨灭的烙印吗？难道这样就会消除那道厚障壁吗？难道闰土进了城就不会拉远他和迅哥儿之间的距离吗？仅凭那一声“老爷”，就可见一斑。

说到底，即使闰土进了城，长年累月，也不能够改变他和鲁迅先生地位的差距，更不能改变他们之间的隔阂会越变越大的事实。即使能改变，那也只是时间早晚的问题。如若闰土能够早些进城，恐怕只会让他更加清楚自己和“老爷”的差距，更加不敢去做那些读书人所谓的“僭越”的事了吧？

闰土，说到底，也只是代表了一个时代的悲哀，至少在我看来是这样。难道一个活泼灵巧的小少年竟会无端地变成这般被岁月无情摧残的模样？他只是“剥削压迫”的手下败将，而且只是众多败将中的一个罢了。倘使在那个时代，每个及早进城的农民都能够得到自己想要的生活，又或者仅仅是闰土随迅哥儿进城能够改变哪怕只有一点点的命运，我也会为之喜悦。但当每个人的命运都被他所处的时代所左右的时候，无论他做什么，都无法改变自己的生活，就好像在严寒的季节夏花无论如何也无法开放一样。

当我把思绪拉回现实，我已然分不清楚闰土是否能够进了城去。他的生活到底是否会变得如我所分析的这样，我也不得而知。我只知道自己的回忆永远定格在了那一幅画面：一轮明月，一柄胡叉，一只狡黠的猹，一片广阔无垠的碧绿瓜田和那一个披着柔和月光的翩然少年……

当然，时间不会往返，闰土进城后又是否如我所预料的那般过着永远改变不了的生活，竭力掌控着自己根本不可能掌握住的命运？我实在是对此挂怀，所以作诗一首，来纪念我心中的那个在瓜田中插猹的少年：

月笼烟尘照明纱，田中瓜翠漫无涯。
追忆护田猹惊去，盈盈盘曲碧藤花。
三十余年经久过，为劳家里苦桑麻。
纵入城中转户里，隔阂难遣寄人家。

因为有你

高山易见，子期难觅；流水易寻，知音难遇。你便是我的知己，我们相隔千年，在时光穿梭中偶遇，从此便成为良友。你，便是蜀汉军师——诸葛孔明。“机智”与“镇定”贯穿你平生。

东汉末年豪杰并起，群雄逐鹿，你生于乱世。少年立志，束发读诗书，自比于管仲、乐毅。汉室倾颓，奸臣当道，江山四分五裂，是以时人莫之许也。你身为浅游之龙，躬耕于南阳，高卧于隆中，天下大势你冷眼旁观，却心知肚明。运筹帷幄之中，决胜千里之外。

我识得你，是在那一年秋，婵娟耀千里，我坐于床上，你从那本《三国志》中走出来，相处几日交谈甚欢，对我亦师亦友。自此，你伴我走过几载春秋，我与你共望天下三分。我们站在赤壁之上，望那万里长江滚滚东流水。你舌战群儒，自是慷慨风流。赤壁一战雄姿英发，挥洒自如，神机妙算，七星台上借东风。严冬中手执青锋宝剑，甚是潇洒。火光冲天之夜，你安之若素，指挥若定，谈笑间降服曹魏百万雄兵。

那一年，我与你共坐于城楼之上，眼见司马大军赶至，而你我皆心知，城中已空无一人。我看着你，你已从当年的翩然少年变成如今的这般尘满面、鬓如霜。你微微一笑，镇定自若，命令大开城门，和我并肩坐于城头，取出那七弦月琴，弹一曲《高山流水》，使司马大军愕然。你的琴声不紧不慢，令其陶醉，全然体会不出城中的危急。司马大军怕有诈，便撤军回营。你的大略风姿，便再也无法从我脑海中抹去。大军已撤退，你眼角却滴下一滴清泪，幽幽叹道："隆中，我是再也回不去了。亮，今老矣！"

"凤翱翔于千仞兮，非梧不栖；士伏处于一方兮，非主不依；乐躬耕于陇亩兮，吾爱吾庐；聊寄傲于琴书兮，以待天时。"你又一次吟起这曲《凤翔轩》，时光，再也不复。

那一夜，你披发仗剑，踏罡步斗，然魏延飞步赶来，踏灭主灯，你弃剑长叹："死生有命，不可得而禳也。"五丈原悲寂，秋风掠过，消息传来，我亦情不自已，叹道："孔明，你谋算了一生，终是算不过——天命。"犹记那一年，你与崔州平踏雪赏梅，笑吟："昆仑之巅，可以供吾冠；长江之水，可以濯吾足。"当年的羽扇纶巾，终敌不过灾祸与病魔，成为孤坟中的一缕忠魂。那夜，你悄悄告诉我：“我昨晚，梦到先帝了。依稀间，廊外恍若他音容如故，共臣把盏对弈似当年。”我，默然。

蜀汉延得十七年寿，因为有你；今日我的改变，也因有你。

你那日在城头，教会我如何处变不惊，临危不惧。我们携手走过三国乱世，望尽人间星火，在战乱中谈笑，在烟火中对吟。

昨夜，朦胧间，我又望见天空中徐徐飘过一盏——孔明灯。

拾梦

每个人在年少时，都一定有过一场美好的梦。那场梦也许被许多人在忙碌中抛弃，而我却在一次偶然中把那场梦重新拾起。同时重新拾起的，还有我对诗词的热爱和对美好的向往。

在我刚出生不久，母亲便日夜在我耳边轻吟诗句，为了哄我入眠。在我刚刚会说话起，便会背诵几句诗词，那是我梦的开始。但逐渐地，在成长中，诗词逐渐被我淡忘，取而代之的是愈加繁重的课业和日益疲惫的身体。那段时间，似乎过得很快，转眼即逝，没有半点记忆的留存，那时我还不知，空洞的那段生活是缺少了诗词的填补。那场梦，似乎早已被我淡忘。

再次遇见那场梦，是初二时了。我在闲暇时翻着很久没有看过的书架，一本书吸引了我的注意，是那本《一蓑烟雨任平生》，苏东坡的传记，我清楚记得那是我初中前父亲买给我的一本书，可我也记得从未翻看过它。不知是哪种力量吸引着我翻开了那本书，入眼便是一句“竹杖芒鞋轻胜马，谁怕？一蓑烟雨任平生”。那是我第一次对于诗词有如此感悟，那一瞬我似乎看破了苏东坡的豪迈。

当我在书中看到苏轼与琴操的一段对话，我才明白了多年前的那场梦。琴操问东坡：“何为湖中景？”苏轼答道：“落霞与孤鹜齐飞，秋水共长天一色。”琴操再问：“何为景中人？”东坡答：“裙拖六幅湘江水，鬓耸巫山一段云。”琴操又问：“何为人中意？”苏轼仰天长啸：“惜他杨学士，憋杀鲍参军。”那是我首次在诗词中读出文人墨客的豪迈风流。那夜，我醉了，醉在诗词字句之美；醉在句中文人的傲骨与豪情；醉在那场被我重拾的、美好的梦。

于是我开始背诵，读到诸葛亮为刘备效忠，我便背下那句：“出师一表真名世，千载谁堪伯仲间”；听到别人讲杨贵妃与唐玄宗的凄美爱情，我便背下那句：“天长地久有时尽”；当我路过江南时，便背下蒋捷那句：“红了樱桃，绿了芭蕉”。生活中无处不诗词，所以诗词才称得上是一生的梦。口中背诵，手上也无闲暇，我开始尝试着挥毫泼墨，写下一段婉约，或书一段豪放。在诗词中与文人交友；在诗词中书写欢乐或悲伤；在诗词中寻那一段曾经的梦，而那个梦，终是被我重拾起来了。

诗词之梦，于我而言，我遗失了太久，却终又找回来了，那字句的优美，会使我们的心境染一曲悠然，会使我们的年华缓缓而充实。如若诗词是一场梦，那我希望自己永远不会醒来。那遗失太久的梦终究是被我找回来了，重拾的却不只是梦，而是我对文学的向往，对美好的希望。梦，终又被我重拾。

论 孝

自古以来，人们就说："百善孝为先"，在当今社会更是如此。

孝，为人之本，人若不孝，则枉为人。孔子常说："事父母，几谏"，便是在阐述父母有做得不对的地方，作为子女应当委婉劝谏。

《弟子规》中曾提到过："亲有过，谏使更，怡吾色，柔吾声；谏不入，悦复谏，号泣随，挞无怨。"这使我想起一个典故。

隋末唐初，兵荒马乱，豪杰并起，群雄逐鹿。有一支军队所向披靡，便是李渊与李世民。在他们兵攻宋老生时，天下大雨，缺兵断粮，又传来紧急情报："刘武周从后部进军。"李渊一听前有猛虎、后有豺狼，当即下令撤军，而李世民沉着冷静，分析局势后，他认为在一般人看来，两虎相争，必有一伤。现两军战事胶着，刘武周必定想坐收渔利，又怎会在此时突然发兵？于是认定这是宋老生故意发出的情报，是想蒙蔽李渊，目的就是使他撤军，于是李世民为了劝告父亲收回错误的成命，在李渊的营帐外长跪一夜，号啕大哭，李渊觉得不耐烦，便召见他问他为何而哭。李世民道："我作为儿子却不能在父亲有过错时劝他改正，这是儿子的不孝。"李渊深受感动，便听从了李世民的计策，一举攻下宋老生，建立大唐伟业。由此可见，在古人眼中，父母有错，子女加以劝告使父母改正，也属孝中之大孝。

当然孝不局限于此。孔子说过："父母之年，不可不知，一则以喜，一则以惧。"知父母之年岁，为其长寿而高兴，为其病痛而担忧，也属大孝。古有两表，忠有《出师表》，孝有《陈情表》。李密在《陈情表》中极言祖母之年岁，祖母已九十有六，李密愿辞官回乡照顾祖母，尽显其苦情，我认为，这是对长辈之年担忧的典范。而自古以来，又常称老人生辰为"寿辰"，称老人为"寿星"，又有六十岁为花甲，七十岁为古稀，八九十岁为耄耋，百岁为期颐；在千叟宴上，乾隆皇帝还给一位一百四十一岁的长者赠送了亲笔对联："花甲重逢，外加三七岁月；古稀双庆，内多一度春秋。"当乾隆皇帝五十大寿时，纪晓岚还曾送上一副对联："四万里皇图，伊古以来，从无一朝一统四万里；五十年圣寿，自前兹往，尚有九千九百五十年。"体现了古人对寿星的祝贺，由此可以体现古人对长者年岁之喜。不以一惧一喜，则无为孝者。

但在古人眼中，孝也不是局限于一个狭小的物质与精神上的空间，我们都知道，三皇之中舜的功绩之高。但有人却曾对舜有过关于孝的评价。我们常常听说一句话："不孝有三，无后为大"，那么这句话的本意真的是指没有子嗣就是不孝吗？这句话原本用于评价舜："舜不告而娶，是为无后也，犹告也。"所以，"无后"指的是"不告而娶"，这在讲求"父母之命、媒妁之言"的古代被视为大不孝。但舜却着实是个例外。因为他所娶的是尧的两个女儿，连尧都认同舜的德行，说明舜的良好品行是天下皆知，所以称之为"犹告也"。正因为他良好的品行天下皆知，所以相比之下一些小事之中的细枝末节也就算不得什么了，所以孝的极致，早已脱离了物质、精神之于父母的层面而重在品行为天下认同，"仰不愧于天，俯不怍于人"，可谓是至孝了。

至于孝，是为人之本，若不孝顺，则愧对于做人。孝，为修身之本，若连修身都做不到，岂有异于礼崩乐坏？又岂能谈得齐家、治国、平天下呢？

杨柳依依有余情

“昔我往矣，杨柳依依，今我来思，雨雪霏霏”，柔肠百转，轻吟浅唱一首《采薇》，想起了古代征人的乡思之情；再望着那一袭杨柳，寄托一分自己的思绪。

那株垂柳长在学校的小径上，每每在校园中穿行，都能在不经意间瞥见它的身影。那棵树，本来我是未曾留意的，但偶然一次心绪惆怅，在校园中漫步时，我远远地望见那一片朦胧的绿，便走上近前，抬手，轻抚那细嫩的柳枝，看才长的新芽娇翠欲滴，不免心生爱怜。那次相逢，虽属无意，却着实给我留下了极深的印象。从此往后，只要寻得时间，我必定会在那棵树下徘徊一阵，或许是寄托几分情愫，又或许是借它来抚平我心中的少许惆怅。

每次与柳树的相遇，都使我想起古代那些文人，仿佛我在时空的千百年后重复着他们曾经与柳树的相逢。不知何年，欧阳修在元夕佳节，“月上柳梢头”极视觉之美，“人约黄昏后”托相思之盼；不知何年，张敬忠辞别长安千里戍边，“五园春色旧来迟”怀长安之远，“二月垂杨未挂丝”叹乡思之切；不知何年，许浑登上咸阳城东楼远眺，“一上高城万里愁”悲家国之运，“蒹葭杨柳似汀洲”尽羁子之愁。

古人常常折梅以寄远，折柳以送别，但当我见到那株垂柳，那种情感却全然不同。看轻风拂过垂柳，似乎是一位佳人正用柔荑轻绾着满鬓青丝，含情而内敛，淡雅而芬芳。我曾经听人说过，万物皆无感，唯有人有情，对于此种说法，我尤为不认同。就校园中这株垂柳而言，正默默地为小径添色，为偷闲的我赠上一分诗情。那岂是无情之物能做到的？那分明是我们相逢之时心灵的感应，淡逸如水，恰似君子之交。

柳，不仅是古人的吟咏之物，也是我在闲暇时愿意花些时候去驻足欣赏的一景。有时水汽笼罩，雾霭迷茫，我似乎看不破它的过去，但它却好似在慢慢地对我诉说；它或许不了解我的思绪，但我却用目光默默地倾注予它。故我一直认为，一草一木皆有情。无论是在街上行走时被风吹散飘落在眉间的一片落梅，还是坐在操场上读书时指尖不经意间轻轻拂到的新草，都凭借着仅能给予我们的一丝触感传递着温暖，那缕缕温暖，承载的情感却不止万分。

细细想来，无论是古时屈子独立高台吟咏的芳泽兰芷还是我们现今在路边欣赏的一枝一叶，都不是无情之物，而我们也应当给予它们一些关注，人与自然，本就是同根而生，何必将界限划分得如此清晰？若是没有自然，才子佳人就没有了才情，没有了吟咏之物；若是没有自然，行人就没有了驻足欣赏之物，生活就没有了闲暇只剩下匆匆过往；若是没有自然，我们就失去了与自然交流从而抒发抑郁的机会。自然，本就是人间至美，本就是人们情感的凝结，生而就是为了激发人们的情思。人与自然，正如君子之交，虽化于无形，却不可失。

流年静好，婉转之间，我与那株垂柳相遇；岁月缓缓，温润之处，人们与自然结为知音。人们和自然之间有着千丝万缕的情愫的缠绕，那是震撼古今的力量，也是万物相处的美好。

小径上，我再次轻吟着那篇《采薇》，携两袖春风，揽一枝垂柳，笑自然美好。

长城终古·忆国殇[1]

“塞上长城空自许，镜中衰鬓已先斑”，自古文人常攀上长城俯瞰大好江河，赋予美景别一番家国情愁。

当年，辛幼安立志为国尽忠，唯愿马革裹尸，终得天时，投笔从戎。他放歌纵马，扬鞭疆场，为国尽忠，不料皇命不可违，他无奈又重拾墨毫，激昂文字，醉忆江河。他以笔伐剑，以泪泣血，以铁为骨，勾勒出几载成败。他挥毫泼墨，书笔淋漓，他将阑干拍遍，醉望吴钩。于他而言，若非国仇家恨，又何以言说？

自东汉以降，诸葛武侯独卧隆中，自比管仲、乐毅，然时人莫之许也，唯躬耕于南阳，草庐中，他冷眼旁观天下大事、九州三分。贤君明主之请，得而一代卿相。他纵观赤壁

1　此文为2016年全国创意作文大赛初中组决赛现场作文，最终获二等奖。

局势，巧借荆州而没之返，舌战群儒，慷慨风流；冥冥薄幕之中静待草船借箭；神机妙算，七星台上借东风；先帝托孤，他以一己之力，扶大厦之将倾，挽狂澜之既倒，望逆天改运于北伐，再保蜀汉苟延残喘二十八年。他一生情付国难，以犬马之劳报答先帝三顾之恩。二十八年未归，唯念心忧国事，“两表酬三顾，一对足千秋”，为后人所称颂，“出师一表真名世，千载谁堪伯仲间?”妙计巧胜，“指挥若定失萧曹”。

心系远方，但愁家园，陆务观将一生书写得洋洋洒洒。外界风雨，他怎得弛然而卧？终不胜心中的那一场风雨，纵而僵卧孤村孑然一身亦不自哀，只念为国戍边，而力不从心。雨打残红，冲刷不尽的是他蒙落心中的忧愁，故而“铁马冰河入梦来”。他愿为国尽忠，谁料世事不测？他悲余“此生谁料，心在天山，身老沧洲”，更无他念，泪尽胡尘，蓦然昭首，“南望王师又一年”。

回想昨日，登临长城之际，予心唯记“家国情仇”。国仇家恨误了才子文人一生劳力，却还其才学一世之托，终而不负千载“白衣卿相”。为国事而忧，惜忘却儿女情长，挥毫泼墨，于当世时局隐意扬明，针砭时弊。念青山终古无遗恨，得观长城雄盛，乃予幸也；可感古贤之情，故写此文以辞记之，又赋诗一，望能奚之：

长城自古巍峨处，奈何遗篇叹帝王。
但忆国仇悲作赋，唯念昔情泣成章。
羽箭万发千帆尽，铁索沉江酒穿肠。
青丝但寻雄心志，秋霜满鬓空迷茫。
两袖纹服丹青卷，一赋江天赤心凉。
胡雁悲鸣号峰尽，游子闻垂泪双行。
一世情恨三生过，万般荣辱皆怅惘。
城郭终寻沙场义，狼烟骤起念边疆。
琵琶玉碎珠诀断，催马无弦箜篌凉。
赋予十载烟火烫，微秋但忆曲悠长。
将军未哀忠魂醉，江流万古清名扬。
沧海孑然飘零地，平冢尸骨赴国殇。

如玥金兰

月夜静谧，流光恰好，仰头看天，却无端在婵娟明翳之间望见了她——晨儿。

她明眸善目，笑颜如花；她贝齿朱唇，黛眉桃目；她青丝柔缕，玉面冰心；她常束马尾，便衣轻裳。她言我们门当户对，我道我们青梅竹马。从萍水相逢，到义结金兰，这段时光太长，已逾十年。流光飞逝，岁月恰似一根长簪，悄然绾住了我们充盈着童真的韶华，匿了情愫弥漫在天地间的氤氲。

一月，我们坐在花垣的围栏之上，无比美好；二月，我们伸手指着天上缥缈无迹的素云嬉笑；三月，容光恬淡，仿佛是我们绘出了那天边的一抹飞霞；四月，褪去厚袄，只着轻衫，我们漫步在初荫葳蕤的曲道；五月，花木葱茏，我们邻坐草边，举头看那飞鸿；六月，微阴初雨，我们轻踏潭潦，飞溅珠花；七月，盛夏酷暑，我们闲坐家中，书籍为伴，对谈不止；八月，暂际别离，各自回乡，青鸟探看，锦帛传书；九月，开学之初，夜夜并坐齐身，笑言趣事；十月，霜冷星寒，月色如洗，金甲已残，菊败遍地；十一月，早芳初绽，寻梅踏雪，犹念初心；十二月，冰封霜寒，凛风清冽，衣袄着身，再待来年。如此，已经轮回反复十旋。

你会弹琴，十指纤长轻盈，娇柔灵巧，无比一曲，断了世人思念，媲美九天仙女，恍若高山流水之际遇，独一知音；我会鼓筝，一丝一弦奏断思愁，流露之情尽是倾慕之词，生世不愿离别。我们都愿觥筹交错，共同追忆曲水流觞。对弈投壶，背诗吟唱，我们一起所做的何事不同于古时淡泊如水的君子之交？

你爱扬鞭纵马，恣情纵歌，挥毫泼墨，尽显豪迈；我喜执笔书卷，青丝簪绾，骈诗谱词，叹尽柔情。如此不同，偏偏，就是知音。

知音，从不看性情，只是初见时的感觉倾心，相处时的心思相宜，仅此而已，却是一生也无法割舍。或许如此，已经三生，此生苦短，纵也三世，怀感衷情，至此方能表露——此生难忘，伊人的一笑倾故国。

吾阳，生日快乐

吾阳：

见信如晤。

你可知现在秋风袭人，煞是凄冷，你可曾记得我们分别之时，还是夏初……那时流年婉转而静好，那时的你坐在我后面，上课时，我一回头，便能看见你，笑靥如花。

相思相见知何日，此时此夜难为情。

那时午饭，我们曾对面而坐，学《世说新语》中的典故，嬉笑着“撒盐”似雪；那时午后，我们时常缓步登上尊师阁，闲观天上云卷，笑谈中外古今。

那时，总有人看着我们，投去艳羡的目光，毕竟，高山流水才遇知音。那一年，冬，我们漫步在校园，看飞雪漫天，白雪却嫌春色晚，故穿庭树作飞花。那一年，夏，我们晚自习课间在操场嬉闹，赏墙边桃花斜开一枝，飞花传令吟酒茶，闲敲棋子落灯花。

那一年，初三。中考压力骤然而至，学习占据了全部时间，我们甚至没能怎么说上话。因为那时，真的很累，真的没有空暇去相互交谈考试以外的事。但你我的心，从来白首不渝。

那一年，初三。南楼前我们对战羽毛球，扣杀时怪招奇出，尽是犯规，却“义无反顾”，不亦乐乎。荒唐那时的年少天真，可笑所谓的“一世英名”。

那一年，初三。为了减缓你的学习压力，我变着法儿地给你写诗写词，就是为了你能够在闲暇之余，添一分意外之喜。各式各样的信笺我都用过，各式各样的诗词我都写过，各式各样的意象我都咏过，各式各样的情感我都填过……那一年，尽是不舍。

那一年，初三。渐行渐远渐无书。你的中考成绩足以让你去上理想的高中，甚至，绰绰有余。而我，我的成绩考上本校高中也绰绰有余。但你依旧选择了你理想的高中，而不是更好，因为那里有你的梦想；而我也依旧选择了本校高中，也不是更好，因为这里有你的足迹。

很庆幸，这一年高一，我们没有渐行渐远；这一年高一，我们没有不传音信。毕竟不见面，也可是知音。

校园里，亭台依旧，闲云依旧，但这里却只有我……

小径旁，枫叶依旧，垂柳依旧，但这里却只有我……

教室中，笑语依旧，闲谈依旧，可惜和我谈及诗词的那个人，不再是你……

那一年，只是那一年，不是现在，那只是过去……

那一年毕业前，我把最心爱的对钗拆散，我们一人一支，就像《长恨歌》里那样，“钗留一股合一扇，钗擘黄金合分钿”。那一年。

那一年……

曾经写的是知音，现在只有相思。

曾经道的是文学，现在只有离别。

但你在或不在，都无妨，你自比过大鹏，像李白那样。我知道你是闲不住的大鹏，你有凌云壮志，当然不会舍弃未来；你喜欢自由，当然不会留下来被传统教学禁锢。还记得我当时说过，“寂寞空庭春欲晚，梨花满地不开门”吗？那时的学习压力，确实是一种负担。但现在，你大可不必担心我，我一切都好，我们一切都好。“二十课堂宜聆教，白杨树下好读书。”

那夜我又一次梦到初三。

我梦到的是学校南楼前的那块大展板，我的《梦落南屏》，我的文章展览。那时那展板前围满了老师和同学，女孩子们都来和我道贺，夸我的文章之好，老师们也是。但那些人的身影里，你的言语最模糊。

当天下午那节课上，你悄悄递给我一封信，我打开看，是一封写得密密麻麻的明信片，那是你的“情书”。你说，你并不是因为我文学方面有所成就才和我交朋友，而是真的看重我的人品与性格。你说，你并不是因为觉得我日后定能功成名就才这么早来“高攀”我，而是因为真的仰慕我的才华，君子之交淡如水，钟期之遇难于登天。你说，当我累了倦了，走不动了时，回头看看，你永远会在我身后，永远会当最支持我的那一个人。

还是那一句，君子之交。我们从没必要在独处时像一对璧人一样黏黏腻腻，因为我们的交情不需要用言语来表达，一言一行自然就好，随心所欲，不用逾矩；我们从没必要在对方小有成就时跟在后面瞻仰，站在前面吹捧，因为我们彼此相知，永远是对方最坚实的后盾，永远不会撤离。每当我小有所获，我总觉得角落中你的目光那么坚定，坚定到不容我遇到挫折后有丝毫后退；那么欣喜，欣喜到比我自己大有作为还要激动与兴奋，不糅杂半点嫉妒；那么闪耀，闪耀到为我高中三年的所有迷茫与黑暗都照得光明，指引了方向……

最后，还是很庆幸我能够在人海茫茫中遇到你，认识你，我的朋友很多，但却寥寥几知音，我们或许，命中注定……

毓兮

2017年10月13日夜

四读《红楼梦》，方解其中味

“满纸荒唐言，一把辛酸泪。都云作者痴，谁解其中味？”在《红楼梦》的开篇，就是这样一首诗。未读红楼，先知其名，便觉红楼终为一梦，既为梦，则终成一场空。读罢红楼，满心苦涩，不知为何。或许是为了那一段段青梅往事的虚无；或许是为了黛玉猝死的惋惜；抑或许是因为荣宁二府的家破人亡吧……

初读红楼

初读红楼时，我刚满八岁。那时，手中那本红楼还是一本厚厚的画本，毫无疑问，是被母亲逼迫着读的。母亲极爱红楼，而那时的我，却丝毫不感兴趣。或许是因为文字生涩，又或许是因为不懂情爱，更不知曹雪芹在书中暗藏的深意，所以刚开始，红楼留给我的印象，只是一部男欢女爱、青梅竹马的小说罢了，不知、不懂，便不爱读。每当我被母亲催促着捧起红楼，都是看一看插画、每页再略读三四行就飞速翻过，对红楼的全部情节也只略知一二，若问起情节，或许还能隐约记得；但若问至细节，怕是丝毫不知了。

就这样，只草草翻过一遍，应付了母亲的任务，自此，红楼便被我闲置在了书柜的角落。每日路过书架，都能看到它静静地倚在那里，但却未曾主动翻阅过，这一闲置，就是五年余……

再读红楼

再读红楼时，我已十四岁了，那时的我上初二。从初二起，我最偏爱的科目就是语文。每日，抛下其他八科不学，也要孜孜不倦地专修语文，把自己埋在书堆里，努力去读那些名家作品中生涩难懂的句子，用心去背《孔雀东南飞》《离骚》这些在别人看来根本不可能完成的任务。正因为对诗词的热爱，我又重拾了这部《红楼梦》，因为我的脑海中，还隐约记得六年前曾一瞥的那一句，“花谢花飞飞满天”。我从母亲的书柜里取出那一部厚重的《红楼梦》，不再是画本，有的，只是密密麻麻的、一知半解的文言文。

没想到，时隔六年，我竟爱上了《红楼梦》，格外沉迷。但我爱的，不是这部书本身，而是书中的诗词。一曲《葬花吟》，悲戚哀婉，“花谢花飞飞满天，红消香断有谁怜？游丝软系飘春榭，落絮轻沾扑绣帘”；到终了，美人如落花，香消玉殒，无人问津，“一朝春尽红颜老，花落人亡两不知”，谁又懂黛玉的痴？“叹人间，美中不足今方信”，那是《终身误》里的句子，正如金陵十二钗的命运，以喜为始，以戚为终，“纵然是齐眉举案，到底意难平”，这句词，心心念念，反复低吟，难以忘怀，此愁轻遣，似黛玉眉间似蹙非蹙的罥烟眉。宝玉轻轻吟唱着的那支《红豆曲》，似连绵不绝的雨滴，轻轻敲击着我的心弦，未曾停歇：“滴不尽，相思血泪抛红豆，开不完，春柳春花满画楼，睡不稳，纱窗风雨黄昏后，忘不了新愁与旧愁。咽不下玉粒金莼噎满喉，照不见菱花镜里形容瘦。展不开的眉头，挨不明的更漏，呀，恰便似，遮不住的青山隐隐，流不断的绿水悠悠……”令我无端想起了李商隐那句：“直道相思了无益，未妨惆怅是清狂。”

说起李商隐，我便想到央视节目《中国诗词大会》风靡时，其中的“飞花令”环节十分有趣，我便常常和母亲飞花传令。令字“秋”时，我忽而想到一句：“秋阴不散霜飞晚”，话一出口，我和母亲便不约而同，相视一笑，异口同声：“《红楼梦》。”我初次见到这句诗，就是在《红楼梦》里，黛玉对宝玉说，自己不喜欢李商隐的诗，却独爱他的一句：“留得枯荷听雨声”，便是“秋阴不散霜飞晚”的后半句。宝玉和黛玉谈及诗词，谈及李商隐，这般场景，便让我想起了李清照与赵明诚。纳兰性德曾在词中描述李清照：“赌书消得泼茶香，当时只道是寻常”，李清照与赵明诚的赌书，黛玉与宝玉的对诗，颇有异曲同工之妙。

诗词，仿佛赋予了红楼一层薄薄的面纱，使这部书看起来朦胧而神秘。有人说，“喜欢一个人，始于颜值，陷于才华，忠于人品”，喜欢一本书也是这样。《红楼梦》的颜值，在于书中极尽豪华的诗词；《红楼梦》的才华，在于曹雪芹的个人魅力，即能够分别以数十人口吻写下符合诸位公子、小姐、丫头的诗词。但至于《红楼梦》的“人品”，我还尚未发觉。

三读红楼

三读红楼，又是一年后的事了。因为已啃透了《红楼梦》里的诗词，我便又将它暂搁一边了。再拿出来，不过是因为临近中考，压力过大，急需读一些闲书来分散自己的压力。所以，在百无聊赖时，我还是选择了《红楼梦》的陪伴。

我总觉得，若要了解一位文人，最直接的方式就是去读他笔下的文字，品味他心中的那一番人生。大观园，无疑是一部才子佳人。再读那些诗词，似乎，打动我的不仅是那些繁华的字句了，而是那纸上的深意，是每一位小姐、丫头独有的性情。

纵观《红楼梦》里，最受人喜爱的怕就是黛玉了吧？不管读没读过红楼，人人都知道这个名字，纵然被人说为是“牡丹之爱，宜乎众矣”的大俗，我也必须言明，我最爱的，的确就是黛玉，除此之外，再无别他。再度翻开《红楼梦》，我总能听到，是黛玉在吟唱，唱那桃花飘零的无奈；是黛玉在悲叹，叹自己凄苦如落花的命运；是黛玉在葬花，葬那一段花冢之愁，葬的也是自己的悲欢离愁……

循着黛玉的身影细细读去，每每读到她那娇柔的身姿，我总要停留下来，再三反复，细细品味。当黛玉与宝玉、众姐妹们在庭中赏菊时，总应是萧瑟的秋竟显得格外温暖，我还嗅到了她们融于菊香的欢笑。黛玉信手拈来，文不加点，“一从陶令平章后，千古高风说到今”，尽显女儿家的才情。诗句，却未如黛玉女儿家般娇羞百态和她“娇袭一身之病”的柔弱，而是如她所吟咏的秋菊那般，傲骨凌霜。正是这一句吟咏，让我彻底爱上了这位画中仙人般的女子。

想她在庭中悲桃花飘零的命运，手执一柄花锄将桃花埋葬，恰如秦观那句“柔情似水，佳期如梦，忍顾鹊桥归路”，借桃花书写自己的愁情，叹息自己的命运，“一朝春尽红颜老，花落人亡两不知”。可我却读懂了，那花冢中埋葬的，恰是她的愁思啊。

黛玉也总有孩子气的时候，因宝玉发饰上四颗明珠少了一颗，便略存醋意，嗔怪他是否将那颗珠子送了别人；宝玉不慎被烫伤了脸，她在夜中拖着病体看他伤势；宝玉因金钏儿之死惹得父亲大怒，挨了打，黛玉以泪洗面，眼睛肿得似对桃子，眉头也锁得更深。恐怕，这早已不仅仅是孩子气了吧？

为了映衬黛玉的才情，我也忽起兴味，提笔写下一诗，来慨叹黛玉的红楼一梦：

桃花庭里沁春风，妆点作缀枝上红。
大观楼上潇湘客，暮听鼓重晨听钟。
柔情葬花成花冢，相思红豆玉盘中。
痴心犹今思黛玉，红楼一笑梦成空。

四读红楼

四读红楼，是高一下学期的事情了，原因很简单，因为《红楼梦》是高考必读名著。但又不仅仅是因为如此，这部红楼，我已读过了三遍，为了应付考试，我早已不必再读。但不得不承认，我实在是彻彻底底地爱上了这一场奇幻的“梦”。我从未曾想过，自己爱一部书，竟然可以像电影里描绘的爱一个人那样，提起它的名字就心跳加快，激动不已，对着它，可以放肆哭笑一整日，如醉如痴。

还记得我自己很喜欢的那句，“忠于人品”，四读红楼，我终于悟到了《红楼梦》的“人品”，其实就是《红楼梦》与众不同的独特气节。

《红楼梦》与其他名著不同，它被毛泽东赞誉为“中国第五大发明”。明清小说繁荣之际，曹雪芹以当朝社会现状为题材，描绘了荣宁二府的由盛转衰。金陵十二钗，各个可谓曹植《洛神赋》中描绘的那样，“明眸善睐，靥辅承权，瑰姿艳逸，仪静体闲，柔情绰态，媚于语言”，且才情尚佳，出口成章。她们每个人都各具特点，几乎趋近完美，就连身上仅有的瑕疵也让人觉得那是她们的可爱之处，可她们的命格，却自她们刚一露面，便刻在了判词里，从此命运里空余遗憾和惋惜，或许正应了那句“红颜薄命”吧。再如贾宝玉在当时看来是“离经叛道”的行为，在今天看来，却恰恰是一位批判现实、反抗贪腐的英雄，高唱着一个黑暗的社会的反调。

再者，从刚开始出场的跛足道人，就有种“世人皆醉我独醒”的感觉。四读红楼，我仍然觉得，整部小说中从头到尾将这个世界看得明白清楚的，只有他一人。“天机不可泄露”，他纵然可以暗示，却无从揭露，曹雪芹的巧妙之处恰在于此，并不直接点明，而是随着小说悲剧情节的发展，在反复地品味和思索下，才能够明了的。就好比小说开篇的“甄士隐”和“贾雨村”一样，这世间，也是如此，真事隐，假语存啊。若说跛足道人是《红楼梦》里唯一勘破尘俗和世事的人，倒不如说在红学家的众说纷纭里，高鹗才是真正读懂《红楼梦》的那个人吧。或许，高鹗并不是唯一读懂红楼的人，纵然红学家，各个皆懂了《红楼梦》，高鹗，也是唯一最懂曹雪芹的那个人。

又悟“红楼”

“说到心酸处，荒唐愈可悲。由来同一梦，休笑世人痴。”终了，《红楼梦》用这一首诗，结束了一段段青梅往事，掩埋了荣宁二府的衰败颓唐，也带走了姑娘们的泪水与悲戚。四句诗，结束了《红楼梦》悲欢离合的一场长梦，却依旧延续着，延续着我对红楼细细地品味与深爱……

《呐喊》中的看客形象

“凡是愚弱的国民，即使体格如何健全，如何茁壮，也只能做毫无意义的示众的材料和看客，病死多少是不必以为不幸的。”这是鲁迅先生在《〈呐喊〉自序》中的言论。看客，一个“看”字，就体现出了在那个愚昧封建的年代，人们以别人的痛苦为乐那种极为扭曲的“看热闹”心态。

许多作家都这样认为：“鲁迅描写看客形象中最具代表性，最为含蓄的一句是：‘于是他背后的人们须竭力伸长脖子，有一个瘦子竟至于连嘴都张得很大，像一条死鲈鱼。’”这样滑稽的描写，形象生动，却又不乏真实。书中一幕幕刻画的看客形象，就是这样具有滑稽色彩和讽刺意味。

正如《孔乙己》中的看客，他们是酒馆里的食客。他们常常围坐一起，嘲笑孔乙己脸上的新伤疤，惹得孔乙己涨红了脸，拼命解释。再如《祝福》里，祥林嫂向所有人诉说着自己的儿子阿毛被狼叼走了的悲痛，这样的丧子之痛对她一个生活在旧社会的女性来说无疑是身体与心灵上的双重摧残，而那群看客却玩味似的、反复咀嚼着，在她的重创之处再将疤痕揭下，看鲜血狂涌，却以此为乐。《药》里面夏瑜的惨死，代表着在那个年代，革命烈士们并不为人们所理解，他们的牺牲，在看客眼中，却是毫无意义的，甚至是他们茶余饭后拿来玩笑的谈资。再看《阿Q正传》中的看客，又是何其麻木不仁。他们看着，不，是“鉴赏”着阿Q调戏小尼姑，自己又“九分得意地笑”。最后阿Q被杀的路上，这一群看客们“发出豺狼的嚎叫一般的声音来”，这与吃人的狼又有何异？当然，即使他们作为人，显露出了狼的本性，也不能全部怪他们，毕竟那本就是一个吃人的时代，他们或许还以此为豪吧？

且看，孔乙己“窃书”被打，总穿着破旧的长衫硬是想要挤进上流社会，不成后反而哗众取宠的可怜形态；小栓肺痨，久不得治的痛苦神色，和这个年龄的孩子不该承受的生活中的痛苦，还有最后恐惧而死的眼神；已经遭受身心重创，向别人倾诉着自己的苦难，却不想苦难竟被别人咀嚼玩味，当作笑话一般，自己也疯疯癫癫的祥林嫂；还有只能用所谓“精神胜利法”来欺骗自己、麻痹自己的阿Q……他们可怜，没错，“哀其不幸，怒其不争”。他们恰恰是小说中的主角，而那些配角呢？便是那些“看客”了。他们总在以他人生活的苦难为乐，永远在看，看别人活得有多痛苦，有多艰难；看别人今天都经历了哪些倒霉事，到底有多惨……

看客永远在看，若要追根究底，他们会说：“我并没有做什么害人的事，我只是在看。”只是在看。袖手旁观，又何尝不是那个黑暗时代、腐朽社会的帮凶？他们反复咀嚼着革命者的牺牲，以此为茶余饭后的谈资；用夹着嘲讽和轻蔑的讥笑，以玩味的口吻来问孔乙己脸上为何又添新伤疤……他们恨不得身边那些社会最底层的苦命人每天多挨一顿打，这样他们就可以每天有新的嘲笑对象，不必反复咀嚼昨天已经淡得无味的那些笑料；他们巴不得这个世界上，每天多死一个人，这样他们才有“小菜”下酒，因为他们每天麻木的、行尸走肉般的生活实在是穷极无聊！

看客，看客。看似没做过什么伤天害理、损人利己的事情，但他们面对这个黑暗的时代和腐朽的社会，非但没有给予悲惨者一丝一毫的怜悯，哪怕只是冷眼旁观，他们还给予了讥讽与谩骂，在这一点上，他们的确“毫不吝啬”。殊不知，这样的他们，在咀嚼与品味那些所谓“谈资”的时候，自己恐怕早已成了那个时代的弃儿了吧？

二十中柿子节

“晓连星影出，晚带日光悬。本因遗采掇，翻自保天年。”这是刘禹锡曾在《咏红柿子》一诗中写过的句子。当我漫步在校园小径，不经意间抬头看到那缀满枝头的、如灯笼般火红的柿子时，不禁暗暗感慨这棵柿子树为小径带来的这种诗意的美感。

“荷尽已无擎雨盖，菊残犹有傲霜枝”，正值秋末冬初，柿子熟了。秋总是萧索的，冬也总是凋敝不堪，那些枯黄残红的叶子随风翻卷飘零而最终落下，荷花池的荷花谢了，就连日夜陪在荷花身边的那对小鸭子也不如春天那般好动了。但这万物开始进行休整的季节却也恰恰是柿子成熟的时节。这时那树上的柿子便不仅仅是一种香甜的水果了，那是秋的精灵，冬的信使；那鲜艳的火红也不单单是柿子的颜色了，那也是深秋的颜色。正所谓，“一年好景君须记，最是橙黄橘绿时”。

这个季节，花已落，月尚圆。柿子仿佛生来就是为了作秋与冬的交替者，挂在枝头，随风摇晃，沉甸甸的，使得树枝微微作颤，送走秋天的寒雨和枫叶，迎接冬天的白雪与北风，让世间一切生灵都来感受柿子丰收的喜悦。那是学校的喜悦，也是每个二十中人的欢喜。从校园高高的围墙向里看，隐隐约约能看到挂在枝头摇摇欲坠的柿子，那一抹红色若隐若现，实在是“‘秋’色满园关不住，一枝‘柿子’出墙来”。这就好像是一位古代的闺中佳人，大门出不得却着实好奇墙外的景色，便悄悄攀上墙头，浅吟轻笑着看那外面的风景。当她看到匆匆行人，便不禁为这流年的静好而感叹；当行人偶尔驻足看到她时，却也被她的美貌与灵巧所吸引，再也移不开目光，她便也成了深秋画卷中的一处风景，实在令人欢欣。佳人是这样，柿子也是这样。

我实在是喜欢学校的这棵柿子树，也每每期待着柿子节的来临。我喜欢看那些从树上摘下来的“小灯笼”被送到老师们的手中，我喜欢在心中默默地感谢辛苦种出这些柿子的人，我更喜欢站在角落悄悄看老师们手捧柿子时脸上露出的微笑，这些都是柿子节所馈赠我的，或许这也是我心目中柿子节的意义所在。毕竟，负责种植花草的人通过日夜的辛勤付出，才使得这些火红的柿子香甜而美好，这不正如我们的老师吗？他们或许起得比我们还要早，睡得比我们还要晚，在不得不听着我们抱怨作业繁多的声音时还要舍弃午休来为我们批改小测……我不喜欢用“春蚕”和“蜡炬”来比喻老师，我更喜欢将老师比作一处高山流水，或者是一缕五弦琴音，相处之时似知音的陪伴，似淡如水的君子之交，使我们潜移默化间向天下英才的目标慢慢靠近，这既是种植人员带给柿子的，同时这也是老师们带给我们的。这也就是我在柿子节的所思了。

风起，扬柿子清香；风落，书一段感恩。柿子节，既替柿子感恩种植培养它们的人，也为自己感恩，感恩师者，纵千里难行，当驰马长风。

从此心中有了梦

心中有一梦，此名为“书香”。

翻开书卷的一刹那，流光夹杂着字墨的浓郁气息扑面而来，吸引着我流连于书卷的字里行间，无法自拔。从那一瞬，那种停留在光阴缝隙间的莫名孤寂却恍然成为我心底难言的欢喜。这种欢喜随着岁月的流逝，终变成了我心中的梦想。

当文字在轻灵的指尖缱绻时，那种轻逸是不可言喻的，就连刻板的古书仿佛也被印染了些许灵动气息。深入古卷，墨迹氤氲，古韵犹存。在与古人的交谈中，心中逐渐有了学书之梦。不知何时，那堆满了书卷的桌角，已悄然浮现了两盏香茗，静素淡雅。

古时，才子佳人皆有书卷。那时，谪仙人年少轻狂，自比大鹏，于诗卷中读史，下笔千言。他将书籍透彻分析，随后长叹“宣父犹能畏后生，丈夫为何轻年少”。那时，易安蹴罢秋千，青梅从间执书相看，誊写满笺簪花小楷，似是一根长簪，无端绾住了二八韶华。待到此后追忆，想起那时藕花深处，却不抵期年一时“赌书消得泼茶香”。读至此处，心中不禁如石落水镜，荡起千层涟漪，浮出千层情愫，难以忘却。或是从那时起，心中的梦被圈点得更清晰了。

书读满架，时间一久，我便深深沉浸在了书的醉梦。恍若烟雨迷离间遇见了一处白墙黛瓦，抑或是邂逅了一袭雨后初绽的江南桂花。梦在幻境中半真半假，半虚半实，促就了纸笔的重逢——书。胸怀点墨，难言恣情，便想抒发些字句出来。积蓄在胸中已久的言辞终于在笔尖的勾勒下，完美幻化成了那时我心中的梦。

静听一曲江南小调，沉浸在书的空城。黄昏的霞雾与我为伴，窗外空中南归之雁排成“人”字不住哀鸣，诉说思念之情，却是不知那《诗三百》中的女子，又在思念何人？假使有这样和谐的一幅水墨融入我的生活，那这便是我心中沉浸了多年的一个美好的梦吧？

窗外，那一声悠长的雁鸣将我从思绪中拉回现实，其实，这个梦早已实现，也早已无声地牵引住我所有的回忆。

草，青了又黄，黄了又青；云，散了又聚，聚了又散；雁，来了又归，归了又来；那一摞摞的书，也在这许多年里被我翻开又合上，合上又翻开。但无论岁月辗转还是光阴消磨，恒久而不灭的，唯有读书——那存在于我心间的最为珍贵、最为单纯的梦。

启航2018

“长风破浪会有时，直挂云帆济沧海”，这是谪仙人眼中的启航。而在我眼中，2018年的开始，不仅仅是一年的开始，更是文学之路上的再次启航。启航2018，启航又一段文学征程。

文字，是文学的载体。

初次恋上文学，是因为那一首诗，字字句句，在我的心弦上叩击、弹拨，奏出阳春白雪，余音绕梁而三日不绝。那便是一直缠绕在心头的那首静谧的诗，“有约不来过夜半，闲敲棋子落灯花”。试想，在黄梅时节，夜半时分，有棋一局，琴一张，茗茶一杯，烛台一盏，却唯独，少了对弈之人，所以百无聊赖之中，执棋子轻敲棋盘，却不想惊落灯间烛花。何其宁谧，又何其闲逸。因为二十八个字，爱上文学，从此踏上文学之路，便是我在这条浩荡长路上的初次启航。

再遇文学，是乘舟在江南曲水之上，看着两岸的白墙黛瓦时，听到缓摇船橹的渔人口中吟着的那一支曲儿：

“江南好，风景旧曾谙，日出江花红胜火，春来江水绿如蓝，能不忆江南?”

这首小令，当是人人会唱，但模糊在江南的烟雨之中，竟别有一番韵味。再到书中寻找，我又见到了那首温庭筠的小令，同样是《望江南》。当指尖掠过字里行间的那句“过尽千帆皆不是，斜晖脉脉水悠悠，肠断白蘋洲”，我也仿佛看到古人的悲欢离合。望向窗外的那一轮明月，我的思绪飞出千层雾霭，将我带向古今之路，实现我的又一次启航。

文学，通过诗词传达于我，使我能够在闲暇时，抚琴而歌。光阴婉转，岁月静好，不觉竟已是2018年。

细细想来，我于文学之路上启航，已四年有余。既然2018年，是新的开始，我便要重新启航。

在新年第一天的夜半，我点起一盏灯，在月影恰好透过窗棂散落在书桌上时，翻开书桌上的诗集，想随意通读几句。当我看到秦观的那首《鹊桥仙》时，不知怎的，忽然便有了灵感。我也选用七夕的题材，铺开纸墨，写下一首《七夕》：

风漫枝头秋棠落，残红初谢自倾国。

西风无尽相思事，忍把昨日付言说。

华裳满树银花火，裙袂携浅明月濯。

谁将心思弹弦上，一曲离歌一人和。

今夕晚照枕边过，乞巧烛影送飞驳。

灯盏催蜡红泪下，举酒谈笑与君酌。

也不知词句的运用如何，当时只觉有趣罢了。回头再细细读来，却觉得自己所写的东西有一种韵致，或许真的是我与古人情感相通的体现了吧。

我总觉得，一位文人，但凡写过一首诗，自此便必定一发而不可收。而我，也一直自诩能称得上是一位“文人”，这样说或许有些夸大，但也正因为这是我的心之所向，我才会如此认为。

我一直叹羡古人能够洋洋洒洒，挥毫泼墨；能够文不加点，字字珠玑；能够激扬文字，指点江山。

自我幼时起，父亲便带着我，自驾行遍大江南北，用脚印丈量大半个中国的长度。自小得以行万里路的我，便在路上，读得万卷书。所以我才能够下笔千言，书写古人的爱恨离愁，书写自己的喜怒哀乐。由读古人之作，到自己挥毫写作；由背诗词文章，到自己斟酌平仄……这是我从识字起一直到2018年所迈过的文学之路，也是我在2018的新征程上，新的启航。

全新的2018，在我前行的路上，就应当有新的文学风貌。当以找三两知己，吟诗作对，曲水流觞；闲暇时，古书一本，“赌书消得泼茶香”。有人曾说过一句话：“鲜花在前方，我们在路上。”现在，鲜花已经在前路盛开，而我们也已经踏上新的征程。那条属于我的征途，就是我前方的那条文学之路。

那么，我就在2018启航，去感悟泱泱文化，去寻找新的篇章。

启航吧，2018！

“路漫漫其修远兮，吾将上下而求索”，2018，新的征程，新的启航！

跋

写最美的诗句，去最好的远方

朱承彧，这个名字在北京市第二十中学很是响亮。

我第一次关注这个小才女还是她上初二的时候，闺女有一天拿回家一张老师下发的作文范文试卷让学生们学习，范文的题目是《因为有你》，文章开篇写道：“高山易见，子期难觅；流水易寻，知音难遇。你便是我的知己，我们相隔千年，在时光穿梭中偶遇，从此便成为良友。你，便是蜀汉军师——诸葛孔明。”初二的学生敢评价诸葛亮已经让我震惊了，看完整篇文章更是令我赞叹：语言的流畅精美、逻辑的清晰缜密、情感的真挚充沛，高三的学生都很难做到，这个孩子是怎么做到的？带着好奇我开始关注朱承彧。

再一次让我震撼的是在朱承彧上初三的时候，学校为她举办了一次个人文学展——《梦落南屏》，收录了朱承彧几十首诗词及多篇散文。美好的文字，精美的制作，把她的文学之梦，轻轻安放在了学校教学楼的屏风之上。

朱承彧初三毕业以中考语文满分120分的惊人成绩，跨入二十中高中。我有幸成了她的班主任及语文老师。作为语文课代表的朱承彧借建安七子的风骨，为全班同学写下一首姓名藏头诗——《林下有遗风》。

朱承彧热爱诗词、热爱文字。她写诗词，并非苦苦钻研遣词造句，而是情到深处，有感而发。或因夜晚明月动人，或因风吹花落，或因寒冬无雪……总之，一支笔，一张纸，她就可以绘出一方天地。她喜欢没有平仄的束缚，像她的偶像李太白那样，汪洋恣肆，浪漫飘逸，这样一来，每一个字、每一句话，都没有半点捏造，那都是心底的声音。朱承彧从初二开始学习写诗歌、散文，到现在，共计写下了300余首诗，194篇词，98篇散文，正是这些文字，为她的生活添色。朱承彧是班刊《流年易拾》的创始人及主编，《流年易拾》既谐音了“一十”，代表十班，又表达了学生们留住青春回忆的美好愿望。

朱承彧不会放过任何一次练笔的机会。校组织的多个国际教育课程：澳大利亚精英领袖力培训、意大利人文科学（历史、艺术）考察团、英国文化（物理、文学）考察团，以及在“中日小大使”国际交流活动担任中国小大使出访日本。在这些修学活动以及一些学校大大小小的活动中，她为学校撰写过一百余篇新闻稿以及宣传稿件，累积字数在150000字左右。朱承彧在学校柿子节中写的宣传稿曾在全校以明信片形式印刷，赠送给每位师生。

朱承彧热爱高中生活，除了认真学习高中课程外，还担任了校团委学生会宣传部部长、校戏剧社社长、二十中小作家协会会长、汉文化社副社长、校刊社成员并加入海淀文学社联秘书处，担任副秘书长，成为了海淀区小作家协会的会员。先后被评为海淀区最美中学生和十佳学生干部。

写最美的诗句，去最好的远方。在最美好的年纪，怀着最纯真的梦想，到最想要去的地方。

祝愿我的学生以梦为马，自在前行！

龚志菁

2019年2月22日

爱在坚持

我不是一个喜欢坚持的人。

我的母亲常跟我说，我要是坚持了，现在会怎么样、怎么样……我一直坚持着自己不愿意坚持的习惯，直到我和你在一起。

自从有了你，我变成了一个非常听话的“好学生”，按照医生的嘱咐，成天做着各种各样的记录和观察，怀孕日记成为我坚持得最好的一项任务，因为，我是怀着使命感在坚持。

其实，在过程中，我还是没有感受到坚持的好处，直到你与预产期几乎同时来到我身边，我知道坚持是科学的。

第一次让我感受到坚持的力量，是医生的一个小“失误”。根据B超等数据，医生当时判断你的体重偏小，我完全可以顺利地将你产出。当你入盆之后，医生发现你比预先判断的要“结实”多了，你给我和医生制造了一个难题。我坚持按照医生和护士的指引，跟你一起呼吸和运动，你让我躲过了一次手术之苦。

我知道，爱有很多种形式，跟自己爱着的人一起坚持，一定属于其中的一种。

随后的日子，我坚持跟你一起长大。你还记得牙牙学语时，我跟你一起背诵唐诗宋词吗？你还记得2岁多的时候，你就能将《三字经》背得滚瓜烂熟？那就是我坚持的结果啊。

真正让我懂得坚持的，还是那年生病的时候。

每进入一个化疗期，那种痛苦是炼狱般的，每次坚持都痛不欲生。在精疲力竭的时候，甚至有了自我舍弃的想法，因为，这样的痛苦远远超出正常人忍受的程度。

生亦何欢，死有何惧？而在这个时候，我的脑海里就出现了你的身影。那年，你才9岁！记得你爸爸常常跟我说，奶奶9岁的时候失去了母亲，奶奶小时候吃了很多苦。我不能让你像奶奶一样早早地失去母亲，为了你的幸福，我要坚持战胜病魔！

我不知道什么叫凤凰涅槃，我也不知道什么叫焚身似火。爱在坚持中变得更加伟大，我也变得更加坚强。

那不堪回首的八个月，也是我渡尽劫波的日子，我坚持过来了。我为自己自豪！更为自己心中一直坚持的爱而自豪！

女儿，当一切成为往事的时候，唯有坚持保存了下来，因为，我的坚持是伴随爱而生的。

我会坚持跟你一起分享你成功的喜悦，我会坚持跟你一起面对人生道路的坎坷和难关，我会坚持跟你一起走过充满爱的岁月，无论地老天荒，无论岁月悠长。

作为一个高中生，你能利用业余时间写出这么厚厚的一摞文字，我由衷为你高兴，这是你坚持对文学的爱好，坚持对创作的热情，才迸发出来的成果，希望你能将自己的爱好坚持下去，并将这样的坚持应用到你学习、生活的方方面面。

在你的成长过程中，我和爸爸一直没有以“邻家孩子”来激励你，那是因为我们坚持以最细微的心观察你的一言一行、一举手一投足，以此来激发你将自己做得最好。你读了那么多唐诗，你一定知道李白的“铁杵磨成针”的故事；你读过诸子百家作品，你一定理解“锲而不舍，金石可镂”的意思。我们能做的，就是坚持看着你按照自己的爱好和特长方向发展自己，让你成为别人眼里的“邻家孩子”。

其实，做“邻家孩子”也不是父母的追求，记得你爸爸写的《理说宋朝（北宋篇）》中说了大文豪苏东坡的一段故事。

元丰六年（1085年）九月，侍妾朝云为苏轼生下了第四个儿子，苏轼给他取名为苏遁，在孩子三朝洗礼的时候，苏轼专门为孩子写了一首诗叫《洗儿戏作》：“人皆养子望聪明，我被聪明误一生。惟愿孩儿愚且鲁，无灾无难到公卿。”假如不了解苏东坡的跌宕人生，读到这首诗你一定会认为苏东坡有点矫情，事实上，这是正处于人生低谷苏东坡内心的真实写照。苏东坡写完这首诗后的十个月，他们举家在迁往汝州途中，苏遁夭折。此后，朝云再也没有生育。

这个故事太凄婉了。它其实想说明一个道理，在育儿方面，孩子健康快乐应该是父母的第一选择。我们也是希望，你要将健康快乐当成使命去完成，我们会以爱的名义，坚持让你健康和快乐！

你爸爸是一个非常能坚持的人，为了陪着你学习，他每天码字已经坚持了整整十年。在陪伴你的过程中，爸爸出版了六部著作，已成为一名真正的作家，这是一个非常了不起的成绩。

当很多人问我，你的写作水平是否遗传于你爸爸，我予以否定。我不是想否定遗传因素，而是希望别人能将注意力转移到你们的投入上。我知道爸爸为你坚持得不容易，你因为学会了爸爸的坚持，才能在豆蔻年华创作出如此精美的作品！

你能取得今天的成绩，这是我们以爱的名义坚持的结果，也可以理解为，这是你对我们爱的回报。希望你永远能在爱的氛围中坚持下去，将自己做得更好。

张晓蕾

图书在版编目（CIP）数据

青春都一晌：朱承彧诗词散文集 / 朱承彧著. -- 北京：作家出版社，2019. 4

ISBN 978-7-5212-0415-5

Ⅰ. ①青… Ⅱ. ①朱… Ⅲ. ①诗词 - 作品集 - 中国 -当代 ②散文集 - 中国 -当代 Ⅳ. ①I217.2

中国版本图书馆CIP数据核字（2019）第042550号

青春都一晌：朱承彧诗词散文集

作　　者：朱承彧
责任编辑：韩　星
装帧设计：孙惟静
出版发行：作家出版社有限公司
社　　址：北京农展馆南里10号　　**邮　　编：**100125
电话传真：86-10-65067186（发行中心及邮购部）
86-10-65004079（总编室）
E-mail:zuojia@zuojia.net.cn
http://www.zuojiachubanshe.com
印　　刷：中煤（北京）印务有限公司
成品尺寸：130×210
字　　数：124千
印　　张：7.75
版　　次：2019年4月第1版
印　　次：2019年4月第1次印刷
ISBN　978-7-5212-0415-5
定　　价：26. 00元